UMA VOZ NA NOITE

OBRAS DO AUTOR PUBLICADAS PELA RECORD

O Ano-Novo de Montalbano
O cão de terracota
A caça ao tesouro
O cheiro da noite
Excursão a Tindari
A forma da água
Guinada na vida
O ladrão de merendas
Lua de papel
O medo de Montalbano
Um mês com montalbano
A paciência da aranha
A Pensão Eva
A primeira investigação de Montalbano
O rei de Girgenti
A voz do violino

ANDREA CAMILLERI

UMA VOZ NA NOITE

Tradução de
Ivone Benedetti

1ª edição

2019

CIP-BRASIL. CATALOGAÇÃO NA PUBLICAÇÃO
SINDICATO NACIONAL DOS EDITORES DE LIVROS, RJ

Camilleri, Andrea, 1925-2019
C19v Uma voz na noite / Andrea Camilleri; tradução de Ivone Benedetti.
– 1ª ed. – Rio de Janeiro: Record, 2019.

Tradução de: Una voce di notte
ISBN 978-85-01-11509-6

1. Ficção italiana. I. Benedetti, Ivone. II. Título.

CDD: 853
19-58448 CDU: 82-3(45)

Vanessa Mafra Xavier Salgado – Bibliotecária – CRB-7/6644

Título original:
Una voce di notte

Texto revisado segundo o novo Acordo Ortográfico da Língua Portuguesa.

Impresso no Brasil

ISBN 978-85-01-11509-6

Um

Acordou, nem seis e meia da manhã, descansado, tranquilo e com a cabeça perfeitamente lúcida.

Levantou, foi abrir a veneziana e olhou lá fora.

Mar calmo, uma tábua, e céu limpo. Azul-celeste com uma ou outra nuvenzinha branca que mais parecia pintada por um artista amador e colocada ali só para enfeitar. Um dia anônimo mesmo, e ele gostou daquele dia justamente por causa dessa falta de caráter.

Porque existem dias que, logo que amanhecem, já chegam impondo sua personalidade forte, e a única coisa que a gente pode fazer é dobrar o espinhaço, se submeter e aguentar.

Ele voltou a se deitar; no comissariado não tinham trabalho, então dava para ficar de boa.

Tinha sonhado?

Havia lido em alguma revista que a gente sempre sonha, mesmo parecendo que não sonhou, porque, quando acorda, aquilo que a gente sonhou fica esquecido.

E sabe lá se aquela perda da lembrança do sonho não era por causa da idade: porque até certa altura da vida, assim que ele abria os olhos, os sonhos sonhados lhe voltavam loguinho à cabeça, passavam todos pela sua frente em fila, que nem no cinema. Depois ele começou a precisar fazer força para lembrar. Agora, então, esquecia de uma vez e pronto.

Dormir nos últimos tempos era o mesmo que se enfiar numa bola preta como piche, sem sentidos nem bestunto. Era quase o mesmo que virar defunto.

E aí, o que queria dizer aquilo?

Que acordar era um tipo de ressurreição?

Ressurreição que, no caso pessoal dele, não vinha com o som das trombetas, mas, em noventa por cento das vezes, com a voz de Catarella?

Mas é certeza que trombeta tem a ver com ressurreição?

Ou trombeta só serve para acompanhar o Juízo Universal?

Pronto: naquele exato e mesmíssimo momento as trombetas estavam tocando. Ou seria a campainha do telefone?

Olhou o relógio, pensando se atendia ou não. Sete horas.

Foi atender.

Mas no mesmo momento em que a mão direita dele pousava no fone, a esquerda, por conta própria, sem ninguém mandar, se dirigiu para a tomada e a arrancou da parede. Montalbano ficou meio embasbacado, olhando. Tudo bem que ele não tinha vontade de ouvir a voz de Catarella anunciando o assassinato do dia, mas aquilo era jeito de uma mão se comportar? Como explicar aquele gesto de independência?

Será possível que, com a aproximação da velhice, as partes do corpo vão ganhando certa autonomia?

Então ia ficar complicado andar, com um pé querendo ir para um lado e o outro para outro.

Abriu a porta-balcão, saiu para a varanda e percebeu que seu Puccio, o pescador de todas as manhãs, já havia voltado para a margem e acabava de puxar o barco para a areia.

Foi até a praia de cuecas como estava e se aproximou dele.

— Como foi?

— Ah, Doutor, os peixes agora estão indo para o mar alto. A água perto da costa está poluída com as nossas porcarias. Peguei pouca coisa.

Enfiou a mão no fundo do barco e puxou para fora um polvo de uns setenta centímetros.

— Tó de presente.

Era um baita polvo, dava para quatro pessoas.

— Não, obrigado, o que eu vou fazer com isso?

— Ué, o que vai fazer? Comer à minha saúde. É só deixar ferver bastante tempo. Mas avise a empregada que antes precisa bater nele com uma bengala para amolecer.

— Obrigado mesmo, mas é que...

— Pegue aí — insistiu seu Puccio.

Ele pegou e voltou para a varanda.

No meio do caminho sentiu uma pontada forte no pé esquerdo. O polvo, que ele já estava segurando de mau jeito, escorregou e foi cair na areia. Soltando um palavrão, Montalbano levantou a perna e olhou o pé.

Na planta, um corte sangrava. Tinha sido feito pela tampa de uma lata de tomate enferrujada, jogada no chão por algum veado filho da puta.

Não era à toa que os peixes iam para longe. As praias tinham virado filiais do lixão, e os litorais não passavam de despejos de esgoto.

Abaixou-se, recolheu o polvo e começou a correr para casa, mancando. Tinha tomado vacina antitetânica, mas era melhor se precaver.

Foi para a cozinha, meteu o polvo na cuba da pia, abriu a torneira para lavar a areia que havia grudado quando ele caiu, escancarou as janelas, foi para o banheiro e ficou bastante tempo desinfetando a ferida com álcool, xingando muito por causa da queimação, e depois colocou por cima uma tira de esparadrapo.

Agora estava precisando urgentemente de café.

Na cozinha, enquanto preparava a cafeteira, começou a sentir um incômodo que não conseguia explicar.

Diminuiu a velocidade dos movimentos para procurar entender qual era o motivo daquilo.

E de supetão teve certeza de uma coisa: dois olhos estavam firmes e fixos em cima dele.

Alguém estava olhando fixamente para ele do lado de fora da janela da cozinha.

Olhos de alguém que não falava, que olhava para ele mudo e, por isso, decerto não tinha boas intenções.

O que fazer?

A primeira coisa era não dar a impressão de ter percebido. Assobiando a valsa da Viúva Alegre, acendeu o fogo e pôs a cafeteira em cima. Continuou sentindo os olhos lá atrás, na nuca, como dois canos de espingarda.

Tinha experiência suficiente para entender que aquela olhada, assim firme, assim ameaçadora, só podia ser de ódio profundo, olhar de alguém que queria a sua morte.

Sentiu debaixo do bigode a pele ensopada de suor.

Devagarinho, sua mão direita se aproximou de um facão de cozinha e o agarrou, apertando o cabo com força.

Se o sujeito lá de fora da janela estivesse armado, atiraria logo que ele se virasse.

Mas ele não tinha escolha.

Virou de repente e, ao mesmo tempo, se jogou de barriga no chão.

Doeu, e, com o baque da queda, o vidro da cristaleira e os copos que estavam dentro dela tilintaram.

Mas ninguém atirou, porque do lado de fora da janela não estava ninguém.

Isso também não queria dizer nada, raciocinou o comissário, porque o outro bem podia ter reflexos rápidos e ter sumido de vista quando percebeu que ele começava a se mexer.

Agora era mais que certo que o outro estava agachado debaixo da janela esperando o primeiro movimento dele.

Percebeu que estava com o corpo todo suado e grudado no chão.

Começou a se levantar devagarinho, olhando fixo para o quadrado de céu no meio das venezianas, pronto para pular em cima do adversário voando para fora da janela, como os policiais dos filmes americanos.

Até que ficou de pé e quase deu um pinote de susto feito um cavalo quando ouviu uma barulheira às suas costas. Mas logo entendeu que era o café coando.

Com muito cuidado, deu um passo para a frente e para a direita.

Dessa posição, na extremidade de seu campo visual, apareceu a pia.

Na hora ficou gelado.

Com os tentáculos em cima do mármore da pia estava o polvo, imóvel, olhando ameaçadoramente para ele.

Assim pelo rabo dos olhos, Montalbano achou que era um bicho enorme, com no mínimo dois metros, pronto a dar o bote.

Mas não houve luta.

Montalbano começou a gritar de medo, pulou para trás apavorado, deu uma trombada no fogão, a cafeteira virou, quatro ou cinco gotas ferventes lhe queimaram as costas, e, gritando feito louco, ele correu para fora da cozinha, atravessou o corredor levado por um medo incontrolável, abriu a porta para fugir da casa e derrubou Adelina, que vinha entrando.

Os dois caíram aos gritos. Adelina, mais assustada que ele, por ver que o homem estava tão assustado.

— Que foi dotor? Que foi?

Mas ele não respondia. Não conseguia.

Ainda escarranchado no chão, teve um ataque de riso tão grande que até chorou.

A empregada não demorou nadica para pegar e matar o polvo a poder de porrada na cabeça.

Montalbano tomou banho de chuveiro e deixou Adelina passar remédio nas queimaduras das costas. Depois tomou o café refeito, se vestiu e se aprontou para sair.

— Que que eu faço? Ligo de novo o telefone? — perguntou Adelina.

— Liga.

E o telefone tocou na mesma hora. Ele foi atender. Era Livia.

— Por que não atendeu antes? — disse ela logo de cara.

— Antes quando?

— Antes.

Nossa Senhora, que paciência que precisava ter com aquela mulher!

— Posso saber a que horas você ligou?

— Umas sete.

Ele ficou preocupado. Como é que ela havia telefonado tão cedo? O que podia ter acontecido?

— Por quê?

— Por que o quê?

Cacete, que diálogo.

— Por que ligou tão cedo?

— Porque o meu primeiríssimo pensamento, assim que abri os olhos hoje, foi para você.

Montalbano, vai saber o motivo, na mesma hora desandou a cavilar. Coisa que podia ter efeitos desagradáveis.

— Em outras palavras — respondeu —, isso significa que noutros dias eu não sou o teu primeiro pensamento.

Disse isso bem frio mesmo.

— Deixa disso!

— Não, isso me interessa. Qual é a primeira coisa que você pensa quando acorda?

— Desculpe, Salvo, e se eu fizesse essa pergunta para você?

Mas Livia não estava a fim de comprar briga e continuou:

— Deixa de ser bobo. Parabéns.

Na mesma hora Montalbano ficou angustiado.

Tudo quanto era data importante, feriado, festa de anos e de onomásticos, aniversário em geral e chatices desse tipo ele esquecia mesmo. Não tinha jeito. Era branco total.

Aí, de repente, ele teve um estalo: claro que era aniversário daquele namoro comprido deles. Fazia quanto tempo que namoravam?

Logo, logo iam poder festejar, se é que existia, o namoro de prata.

— Para você também.

— Por que para mim também?

Pela pergunta de Livia ele entendeu que estava errado. Mas que tremenda encheção de saco.

Então devia ser alguma coisa que se referia à pessoa dele pessoalmente. Mas o quê?

Melhor encerrar logo aquele jogo com um agradecimento genérico.

— Obrigado.

Livia começou a rir.

— Não, querido! Você disse obrigado só para terminar com a conversa! Mas eu aposto que você nem lembra que dia é hoje!

Verdade. Não sabia.

Por sorte, em cima da mesinha estava o jornal do dia anterior. Torcendo o pescoço, conseguiu ler a data: 5 de setembro.

— Livia, acho que você está exagerando! Hoje é seis...

Um raio fulminante.

— Meu aniversário! — exclamou.

— Está vendo quanto tempo demorou para você lembrar que hoje faz cinquenta e oito anos? Queria recalcar?

— Como cinquenta e oito. Que que é isso?

— Salvo, desculpe, você não nasceu em 1950?

— Justo. Hoje saio dos cinquenta e sete e entro nos cinquenta e oito que ainda não completei. Tenho pela frente doze meses menos umas horas, para ser exato.

— Esquisito, esse seu jeito de contar.

— Livia, olha só, esse modo foi você quem me ensinou.

— Eu?!

— Sim, senhora, quando você fez quarenta anos e eu...

— Você é um grosso — disse Livia.

E desligou.

Santa mãe! Só mais dois anos e ele entrava na casa dos sessenta!

Daí por diante ele nunca mais pegaria transporte público, com medo de que qualquer fedelho, quando o visse, se levantasse para lhe dar lugar.

Depois concluiu que poderia continuar pegando transporte público sossegado, porque aquilo de dar lugar a velho era costume que já não se usava.

Agora não existia mais respeito pelos velhos, eles eram ridicularizados e ofendidos, como se quem ridicularizava e ofendia não estivesse destinado a envelhecer também.

Mas por que essas considerações passavam por sua cabeça? Será que ele já se sentia pertencente à categoria dos velhos?

De repente ficou de péssimo humor.

Fazia pouquinho tempo que ele tinha pegado a estrada provincial e ia rodando na velocidade de costume, quando um carro começou a buzinar atrás, pedindo passagem.

Naquele ponto a pista ficava mais estreita por causa de umas obras. Além disso, ele estava a cinquenta por hora, que era o limite máximo de velocidade, porque já estavam dentro da área urbana de Vigata.

Por isso, não se mexeu nem um milímetro.

O carro de trás começou a buzinar feito louco e depois, com uma espécie de rugido, se pôs ao lado dele, quase lhe raspando a lataria. Mas qual era a intenção daquele besta, jogá-lo para fora da estrada?

O motorista, de uns trinta anos, se inclinou para o lado dele e gritou:

— Vai pro asilo, seu velho!

Não satisfeito, agarrou uma tremenda chave inglesa e a agitou em direção ao comissário, dizendo:

— Com isto aqui eu te arrebento os chifres, cadáver ambulante!

Montalbano não podia reagir de jeito nenhum, porque estava muito ocupado tentando manter o carro na pista.

Um segundo depois, o carro do trintão, uma possante BMW, deu um pinote e sumiu rapidinho, ultrapassando no maior perigo toda a fila da frente.

Montalbano torceu para ele se escangalhar num barranco. E, só para garantir, torceu para o carro pegar fogo.

Mas o que as pessoas viraram nesta terra! Nos últimos anos parecia que tinham regredido séculos, e, se alguém arrancasse a roupa delas, debaixo encontraria as peles de ovelha dos homens primitivos.

Por que tanta intolerância mútua? Como é que ninguém mais suportava o vizinho, o colega de trabalho e até o colega de escola?

Depois das primeiras casas da cidade ficava um posto de gasolina até que bem grande. E foi ali que o comissário viu a BMW parada, abastecendo.

Pensou em continuar em frente, não precisava de gasolina naquela hora, mas teve de mudar de ideia. Quem venceu foi o ressentimento, a vontade de fazer o outro pagar a desfeita.

Acelerou, manobrou na praça, foi parar com a frente do carro quase encostada à da BMW.

O trintão tinha pagado e dado a partida. Mas não podia se mexer porque estava sendo impedido pelo carro de Montalbano.

E também não podia dar marcha à ré porque outro carro agora estava atrás dele, esperando a sua vez.

O trintão buzinou e fez sinal para Montalbano se afastar.

O comissário fez de conta que o motor não pegava.

— Diz pra ele que eu preciso sair! — gritou o trintão para o frentista.

Mas este, tendo reconhecido o comissário, que, entre outras coisas, era freguês dele, fez de conta que não ouviu, pegou a bomba e foi abastecer o outro carro.

Babando de raiva, o trintão desceu e se aproximou de Montalbano segurando a chave inglesa. Levantou-a e depois a abaixou com toda a força que tinha.

— Eu não disse que ia te arrebentar os chifres?!

Mas, em vez dos chifres, a pancada trincou o vidro da janela do carro. O trintão levantou de novo o braço e ficou paralisado.

Lá dentro, sentado tranquilamente no banco do motorista, o comissário apontava o revólver para ele.

O policial Gallo, chamado pelo frentista, chegou menos de dez minutos depois. O trintão foi algemado e obrigado a se sentar no carro de polícia.

— Põe esse cara numa cela de segurança. E faz o teste do bafômetro e os outros também.

Gallo partiu como um foguete, gostava de correr.

Quando chegou ao comissariado, como sempre acontecia naquele dia do ano, Catarella correu para ele comovido e com os braços abertos.

— Minhas parabenizações, do fundo do coração, com votos de uma vida longuíssima, saudabilíssima e felicíssima, dotor.

Montalbano primeiro apertou a mão dele e depois, num impulso repentino, deu-lhe um abraço apertado.

Catarella ficou com os olhos cheios de lágrimas.

Três minutos depois, Montalbano estava sentado em sua sala, quando Fazio apareceu.

— Doutor, muitas felicidades da minha parte e acho que da parte de todo o comissariado — disse.

— Obrigado, senta aí.

— Não posso, Doutor. Preciso ir no Piano Lanterna me encontrar com doutor Augello, que me mandou vir aqui lhe dar parabéns.

— Por quê?

— Porque esta noite aconteceu um roubo com arrombamento no supermercado.

— Levaram uns produtos de limpeza?

— Não, Doutor. O dinheiro do caixa, e parece que era bastante.

— Mas o dinheiro do caixa eles não levam toda noite para o banco?

— Levam, sim, mas ontem não.

— Tá bom, então vai, a gente se vê mais tarde.

— Se o senhor não tiver nada melhor para fazer, eu ia trazer uns papéis para assinar.

Não, assinatura não! No dia do aniversário não!

— Fica pra outro dia.

— Mas, Doutor, tem uns papéis lá que estão atrasados faz um mês.

— Alguém pediu?

— Não.

— Então pra que toda essa pressa? Um dia a mais, um dia a menos, a situação não muda.

— Doutor, abre o olho. Se o ministro da reforma burocrática fica sabendo, o senhor vai se dar mal!

— O ministro quer que fiquem mais rápidas a inutilidade e a inconsistência de pôr para girar uns papéis que noventa por cento das vezes não servem para nada.

— Mas o funcionário não tem de julgar se os papéis servem ou não. Ele só precisa assinar e pronto.

— E o que é que o funcionário é, um robô? Será que não é dotado de cérebro pra pensar? Por que o funcionário vai precisar se esforçar, se ele sabe que os papéis não servem pra nada?

— E na sua opinião o que é que se deveria fazer?

— Abolir a inutilidade.

— Doutor, na minha opinião, isso é uma coisa impossível.

— E por quê?

— Porque a inutilidade é parte integrante do homem.

Montalbano olhou para ele pasmo. Estava descobrindo um Fazio filósofo.

Mas o outro continuou:

— Doutor, escute o que eu estou dizendo, não é melhor se livrar desses papéis um pouco por vez? Eu trago uns vinte. É só uma meia horinha, e o senhor tira isso da frente.

— Tá bom, mas traga só uns dez.

Dois

Tinha acabado de assinar a papelada, tocou o telefone.

— Dotor, ocorre que o advogado Nulo de Mente quer falar com vossinhoria em pessoa pessoalmente.

— Passe pra ele.

— Não posso, por causa que o referido advogado já está no local, dotor.

— Tá bom, então manda aqui. Espera, tem certeza que o nome dele é Nulo de Mente?

— Desse jeitinho igualzinho, dotor. Nulo de Mente. Pode pôr a mão no fogo, dotor.

— Põe você, Catarè.

O homem que entrou devia ter a idade dele, mas era um sujeito alto, magro e elegante, de modos reservados. A única coisa que não funcionava nele era que devia ter se derramado por cima meio litro de um perfume adocicado que dava vontade de vomitar.

— Com licença, sou o advogado Nullo Manenti.

Deram-se as mãos.

Ainda bem que o advogado não tinha lhe dado tempo de abrir a boca! Senão, teria chamado o dito cujo de Nulo de Mente e na certa aquilo ia acabar mal.

— Sente-se e com licença um minuto.

Levantou e foi abrir a janela. Caso contrário, seria obrigado a ficar prendendo a respiração. Puxou um bocado de ar envenenado por gases de escapamento, que de qualquer maneira era melhor que aquele perfume. Voltou a se sentar.

— Diga.

— Estou aqui representando meu cliente.

Montalbano se espantou.

— Que cliente?

— Giovanni Strangio.

— E quem é ele?

— Como quem é ele? Se o senhor o prendeu pessoalmente faz só uma hora!

Agora estava tudo claro. O cliente do advogado era o trintão furioso. Mas quem tinha avisado?

— Desculpe, mas como é que o senhor ficou sabendo que...

— O próprio Strangio me ligou.

— De onde?

— Daqui! Da cela de segurança! Com o celular.

Dava para ver que Gallo não havia pensado em tirar o celular dele. Jurou que ia lhe passar um esculacho.

— Olhe, senhor advogado, ainda nem interroguei o seu cliente.

Tirou o fone do gancho.

— Catarella, manda o Gallo aqui.

Assim que o policial chegou, ele perguntou:

— Você fez o teste do barômetro nele?

— O senhor quer dizer bafômetro, Doutor?

— É isso mesmo.

Por um instante achou que estava ficando igual ao Catarella.

— Deu negativo, Doutor.

— E os outros exames?

— Foi feita a coleta de sangue. Está em andamento em Montelusa.

— Carteira de habilitação, licenciamento do veículo, imposto sobre circulação de veículos, tudo em ordem?

— Sim senhor, tudo em ordem.

— Está bem, pode ir. Espere aí, tirou o celular dele?

Gallo deu um tapa na testa.

— Caramba!

— Então tire. Depois a gente conversa, nós dois.

Gallo saiu.

— O senhor vai ver que o exame toxicológico também vai dar negativo — disse o advogado.

— Como tem certeza?

— Porque conheço meu cliente. Não usa e nunca usou entorpecentes.

— Então ele é entorpecido por natureza?

O advogado abriu os braços.

— O fato é que meu cliente não é novo no ramo.

— Quer dizer que costuma trabalhar com chave inglesa?

O advogado abriu outra vez os braços.

— É que ele não bate bem da cabeça.

Não tinha jeito: apesar da janela aberta, o perfume começava a ficar estancado e concentrado dentro do aposento. Aquilo foi irritando Montalbano. Quem sabe foi por isso que lhe deu na telha de dizer uma frase um bocadinho exagerada.

— Mas o senhor percebe que esse Strangio é um assassino em potencial? Um futuro matador de estrada? Daqueles que nem param para socorrer a pessoa que atropelaram?

— Comissário, acho que o senhor está usando palavras um tanto quanto pesadas.

— Mas se o senhor mesmo me disse agorinha que ele não bate bem da cabeça.

— Mas daí a dizer que é um assassino tem muito chão! Ouça, comissário, vou lhe falar do fundo do coração. Não faço nenhum gosto em ter como cliente alguém como Giovanni Strangio.

— Então por que aceita?

— Porque sou advogado do pai dele, que me pediu...

— E quem é o pai dele?

— O doutor Michele Strangio, governador da Província.

De repente Montalbano entendeu umas coisinhas.

A primeira delas era o motivo de ainda não terem, no mínimo, tirado a carteira de habilitação de um cara que não batia bem da cabeça.

— Estou aqui — retomou o advogado — para lhe pedir que ponha uma pedra em cima...

— Pedra em cima desse senhor eu ponho sim, e não uma, mas cem. Fui claro?

Mas que abobrinhas estava dizendo? Será possível que aquele tipo de perfume liberava os freios da inibição?

— O senhor deixa isso pra lá — insistiu Nullo Manenti —, e nós, do nosso lado, esquecemos a provocação.

— Que provocação?

— A sua. No posto de gasolina. Foi o senhor, com seu carro, que deliberadamente impediu que ele saísse. Então meu cliente perdeu as estribeiras e...

Isso era verdade. Mas que bela ideia aquela de decidir comprar briga com o trintão! O único jeito era se defender começando a disparar uma porção de mentira. Mas primeiro precisava ficar mais calminho. Então se levantou, foi até a janela, envenenou bastante os pulmões e voltou a se sentar.

— Foi só isso o que seu cliente lhe contou?

— Tem mais?

— Tem, e como! No entanto, de minha parte não houve nenhuma provocação. Percebi de uma hora para outra que estava sem gasolina e, quando fui voltar para o posto, fiz manobra errada. Queria sair dali, mas o motor não pegava. Meu carro é muito velho. Aliás, seu cliente não lhe confessou que cinco minutos antes tinha tentado me jogar para fora da estrada?

O advogado deu uma risadinha.

— Quanto ao posto de gasolina, há uma testemunha. O frentista.

— Mas a única coisa que o frentista pode dizer é que meu carro estava parado! Não vai poder dizer que eu estava fazendo aquilo de propósito! E olhe que quanto à tentativa de me jogar para fora da estrada há duas testemunhas!

— É mesmo?

A pergunta do advogado teve tom irônico. Montalbano então tentou o blefe extremo. Olhando nos olhos de Nullo Manenti, abriu a gaveta da escrivaninha, pegou duas folhas a esmo e começou a ler uma:

— Eu, abaixo assinado, Antonio Passaloca, filho de Carmelo Passaloca e de Agata Conigliaro, nascido em Vigata em 12 de setembro de 1950, residente e domiciliado na referida cidade, à rua Martiri di Belfiore número 18, declaro o que segue: hoje pela manhã, por volta das nove horas, enquanto percorria a estrada provincial em direção a Vigata...

— Tá bom, chega — disse o advogado.

O homem havia engolido aquela. Montalbano enfiou de novo as folhas na gaveta. Tinha dado certo!

Nullo Manenti suspirou e pegou outro rumo.

— Está certo. Retiro aquilo de provocação.

Achegou o corpo ao comissário apoiando os braços na escrivaninha. Inclinou o peito para a frente, e, no que fez esse movimento, uma baforada de perfume entrou pelas ventas de Montalbano, foi até a boca do estômago e fez um bolo de náusea subir para a garganta.

— Mas sou eu que estou pedindo, comissário, que o senhor procure ser compreensivo. Por outro lado, se nós não formos compreensivos, nós que já temos certa idade...

Falou justo o que não devia. A menção à velhice, junto com a ânsia de vômito, foi demais para Montalbano. Ficou de pé num pulo, com a cara vermelha feito um galo.

— Compreensivo eu? De certa idade eu? Pois para o seu cliente eu vou conseguir a pena máxima! A pena máxima eu vou conseguir!

O advogado se levantou, preocupado.

— Comissário, o senhor está se sentindo bem?

— Estou me sentindo muito bem! Vai ver como me sinto!

Abriu a porta e deu um grito.

— Gallo!

O policial chegou correndo.

— Pega o preso e leva pra cadeia de Montelusa. Já!

Depois, para o advogado:

— O senhor não tem mais nada que fazer aqui.

— Até logo — disse secamente Nullo Manenti, saindo.

Montalbano deixou a porta aberta para ventilar um pouquinho.

Depois se sentou e começou a escrever a denúncia. Enfiou dentro dela uns dez delitos possíveis. Em seguida assinou e expediu para o Ministério Público.

Giovanni Strangio ganhava o que merecia.

Lá pelo meio-dia chegou um telefonema.

— Dotor? Acontece que um tal de seu Porcellino deseja falar com o senhor em pessoa pessoalmente.

Montalbano desconfiou.

— Catarè, você vai fazer a mesma coisa pela segunda vez?

— Qual foi a primeira, dotor?

— A primeira foi que o advogado não se chamava Nulo de Mente, mas Nullo Manenti.

— E não foi isso que eu falei? Eu não falei Nulo de Mente?

E dava para conversar com um sujeito desses?

— É certeza de que Porcellino se chama assim mesmo?

— Certeza absoluta, dotor. Ponho a mão no fogo.

— Ele disse o que quer?

— Não disse, mas pela voz deve de estar com muita raiva. Parece um leão esquatorial, dotor.

Montalbano tinha muita vontade de não atender, mas o senso de responsabilidade venceu.

— Aqui é Montalbano. Pode falar, senhor Porcellino.

— Porcellino?! Agora também deu pra gozar da minha cara? — disse o outro, furioso. — Borsellino é meu nome! Guido Borsellino!

Boa, assim ele aprendia a nunca mais confiar nem um minuto em Catarella, que sempre estropiava os sobrenomes.

— Lamento muito, desculpe, mas é que o nosso telefonista deve ter ouvido mal. Pode falar.

— Estou sendo acusado de coisas incríveis! Estou sendo tratado como ladrão! Exijo do senhor, que é superior deles, desculpas imediatas!

Desculpas? Aí Montalbano achou demais aquela encheção de saco e explodiu na hora como um rojão.

— Escute aqui senhor Por... Borsellino, vá tomar um banho de água fria, se acalmar, e depois liga de novo.

— Eu não...

Montalbano desligou.

Nem cinco minutos depois o telefone tocou de novo. Dessa vez era Fazio.

— Desculpe aí, Doutor, mas...

Dava para perceber que fazer aquela ligação não era do gosto dele.

— Diga.

— Será que o senhor podia vir até aqui no supermercado?

— Por quê?

— O gerente aqui está aprontando uma tremenda confusão porque o doutor Augello fez umas perguntas que ele não gostou. Disse que só fala na frente do advogado.

— Escuta, o gerente se chama Borsellino?

— Chama, sim.

— Agorinha mesmo ele estava me enchendo o saco.

— Vai fazer o quê, Doutor, vem?

— Daqui a uns dez minutos estou aí.

No caminho para Piano Lanterna, lembrou que pela cidade corria o boato de que aquele supermercado era de propriedade de uma empresa formada só por testas de ferro, mas quem tinha botado dinheiro mesmo naquilo era a família Cuffaro. E que ela dividia com a adversária família Sinagra os negócios de Vigata.

Estava passando por aquela zona de Piano Lanterna onde haviam sido construídos quatro arranha-céus anões horríveis, quer dizer, quatro abortos de arranha-céu para abrigar o povo que tinha sido quase todo deslocado do centro para o planalto.

Que antigamente, de acordo com fotografias e com o que lhe tinha contado o Burgio, diretor de escola, velho amigo seu, era formado por duas fileiras de casebres que flanqueavam o caminho para o cemitério. E em volta de tudo, uns espaços amplos para jogo de bocha, partidas de futebol, passeios familiares, competições, refregas épicas entre famílias rivais.

Agora era um mar de cimento, uma espécie de casbá dominada por falsos arranha-céus.

O supermercado estava fechado; o policial de guarda na entrada acompanhou Montalbano até a sala do gerente.

De passagem, viu Fazio interrogando umas funcionárias.

No escritório, Mimì Augello estava sentado numa cadeira de frente para uma escrivaninha e atrás dela um sujeito de uns cinquenta anos, bem magrinho, sem nenhum fio de cabelo na cabeça, com óculos de lente grossa. Nervosíssimo.

Assim que viu o comissário entrar, ficou de pé num pulo.

— Quero meu advogado!

— Você acusou o senhor Borsellino de alguma coisa? — perguntou ao subalterno.

— Não acusei de nada — respondeu Mimì, tranquilo que nem água de poço. — Fiz duas ou três simples perguntinhas e ele...

— Chama isso de simples perguntinha! — disse Borsellino.

— ... ficou chateado. Mas se foi ele mesmo que me chamou por causa do roubo.

— E só porque alguém chama pra denunciar um roubo você se sente no direito de acusar de ladrão quem foi roubado?

— Eu não disse nada disso — replicou Mimì. — Foi o senhor que chegou sozinho a essa conclusão.

— E podia não chegar?

— Um minutinho — interrompeu Montalbano. — Deixa ver se entendi, repita o que disse ao doutor Augello. Como descobriu o roubo?

Borsellino primeiro respirou fundo como se tentasse fazer o nervosismo passar e depois falou.

— Ontem de noite, como o dia inteiro eu tinha dado muito desconto nuns produtos, a receita foi alta.

— Quanto?

O senhor Borsellino olhou para uma folha em cima da escrivaninha.

— Dezesseis mil, setecentos e vinte e oito euros e trinta cêntimos.

— Certo. E o que é que o senhor faz com a receita do dia? Vai depositar de noite no caixa automático?

— Claro.

— E por que não foi ontem?

— Santa Maria bendita! Já expliquei pra esse senhor aí! Quantas vezes preciso falar?

— Senhor Borsellino, ao telefone eu já lhe disse que se acalmasse. É pelo seu próprio interesse.

— O que está querendo dizer com isso?

— Que cabeça quente é má conselheira. O senhor é capaz de dizer umas coisas que não ia querer dizer.

— Por isso é que eu quero o advogado!

— Senhor Borsellino, ninguém está acusando o senhor de nada, por isso não precisa de advogado. Não seja ridículo! Sabe de uma coisa?

Mas não disse logo. Começou a olhar o selo de um envelope que estava em cima da escrivaninha.

— O que que eu devo saber? — perguntou o gerente.

Montalbano largou o envelope e olhou para ele.

— A minha impressão é que o senhor está mais assustado do que nervoso por causa do roubo.

— Eu?! E com quê?

— Não sei, é impressão. Vamos em frente? Ou continuamos no comissariado?

— Em frente.

— Eu tinha perguntado por que não depositou o dinheiro.

— Ah, sim. Quando cheguei no caixa automático, encontrei um cartaz escrito "não funciona". O que eu podia fazer? Voltei pra cá e botei o dinheiro dentro daquela gaveta da escrivaninha, fechei à chave e fui pra casa. Hoje de manhã, depois de uma hora mais ou menos que tinha chegado, não lembro bem, percebi que tinham arrombado a gaveta e roubado o dinheiro. Então telefonei para o seu comissariado e o que consegui foi esse belo resultado!

Montalbano se dirigiu para Augello:

— Telefonou para o banco?

— Claro. Responderam que o caixa automático ontem estava funcionando perfeitamente, e que não sabiam de nenhum cartaz dizendo "não funciona".

— Juro pela alma abençoada da minha mãe que aquele cartaz tava lá! — disse Borsellino.

— Não estou duvidando — afirmou Montalbano.

O outro ficou espantado.

— Acredita em mim?

O comissário não respondeu e foi olhar a gaveta que tinha a fechadura arrombada. Não deviam ter topado com muita dificuldade para abrir, era só ter um grampo de cabelo.

Dentro, em cima de umas faturas, trinta cêntimos.

— E que perguntas você fez ao senhor Borsellino para ele ficar com tanta raiva? — perguntou Montalbano a Augello.

— Considerando que ninguém mais além dele sabia que o dinheiro estava na gaveta, e que não existe sinal de arrombamento nas portas principais do supermercado, eu simplesmente perguntei se ele podia me explicar de que jeito e de que modo, na opinião dele, os ladrões podiam ter entrado e como tinham conseguido saber que o dinheiro não tinha sido depositado, mas estava aí.

— Só isso?

— Só isso, nem uma palavra a mais, nem uma a menos.

— E o senhor se irritou tanto com uma pergunta tão normal? — perguntou Montalbano a Borsellino.

— Eu não me irritei só com as palavras, mas com o jeito de olhar! — reagiu o gerente.

— O jeito de olhar?!

— Sim senhor, com o jeito de olhar! Enquanto ele me fazia a pergunta, olhava como se estivesse dizendo: eu sei que foi você, não vai me fazer de bobo.

— Nem de longe — disse Augello. — Esse tal jeito de olhar é sonho dele.

O comissário assumiu um ar episcopal, igualzinho à figura do bom pastor.

— Olhe, senhor Borsellino, o senhor está muito nervoso, é natural ter ficado abalado com o roubo, mas não se deixe impressionar até esse ponto. O senhor ficou com a cabeça quente e acabou interpretando mal as palavras e os gestos mais inocentes do mundo. Procure ficar calmo e responda à minha pergunta: quem tem as chaves do supermercado?

— Eu.

— Não existem cópias?

— Sim, uma. Mas quem fica com ela é o conselho de administração da empresa.

— Entendi. E o senhor, como explica isso?

— Isso o quê?

— Que as portas de fora não têm sinal de arrombamento.

— Sei lá.

— Vou fazer a mesma pergunta de outro jeito. É possível que, para entrar, os ladrões tenham usado uma cópia das chaves?

Antes de responder, o gerente pensou um pouquinho.

— Acho que sim.

— A do conselho de administração?

Três

Ouvindo a pergunta, Borsellino deu literalmente um pulo na cadeira. Ficou amarelo feito um cadáver. As mãos começaram a tremer.

Percebeu e enfiou as mãos nos bolsos.

— Quem disse isso?

— Como, quem disse? O senhor!

— Nada disso, eu não disse! Não disse! O senhor Augello é testemunha!

— Não me ponha na dança — retrucou Mimì. — Porque eu concordo totalmente com o comissário: o senhor disse isso agorinha mesmo.

— Então querem me ver morto! — gritou Borsellino, suando como se estivesse debaixo de um sol de agosto. — Eu disse que pode ser que tenham entrado com uma cópia das chaves, mas claro que não estava falando da do conselho de administração, estava falando de outra!

— Então o senhor fez uma declaração falsa quando afirmou que só existia uma cópia das chaves, ao passo que existem pelo menos duas! — disse Montalbano.

Borsellino tirou a mão do bolso e a colocou na testa, como se estivesse com uma tremenda dor de cabeça.

— Não, não e não! Vocês querem me fazer perder a cabeça! Querem me condenar à morte! Eu digo e repito que os ladrões podem ter usado uma chave que eles mesmos mandaram fazer!

— Desculpem a minha insistência — disse Montalbano. — Mas, para alguém fazer uma cópia, precisa do original. Tem lógica, não? Então de duas uma: ou foi o senhor quem deu a chave original para o ladrão, ou foi o conselho de administração. O que me diz disso?

— Que quero o advogado!

Montalbano soltou um suspiro de enfado.

— Bom, Mimì, podemos ir embora, aqui não temos mais nada que fazer.

Augello se levantou sem dar um pio.

Já Borsellino primeiro ficou olhando aparvalhado para os dois um momento, depois protestou.

— Como assim? Mas por quê?

— Senhor Borsellino — disse Montalbano depois de ficar um tempinho olhando para a cara do outro —, sinceramente não entendo. Primeiro queria o advogado e agora reclama porque a gente está indo embora? Eu entendo muito bem que o senhor se sinta mais seguro com a nossa presença, mas, lamento, não podemos ficar mais. Mimì, s'embora.

Mas Borsellino não tinha nenhuma intenção de deixar barato.

— Desculpe, mas me explique por que eu devia me sentir mais seguro com a presença de vocês.

Montalbano ergueu os olhos para o céu.

— Senhor Borsellino, com o senhor a gente precisa ter uma paciência de santo! Acabou de acusar a gente de querer sua condenação à morte. Tá na cara que o senhor está com medo. A única coisa que eu fiz foi a conta de dois mais dois.

Quer dizer, enquanto a gente ficar aqui, ninguém vai poder lhe fazer nada. Me expliquei?

— E o que é que iriam me fazer, na sua opinião?

Borsellino passava do medo ao desafio. Devia estar com a cabeça muito confusa.

— Que seja — prosseguiu o comissário. — A sua denúncia foi registrada?

— Foi, mas...

— Avisou o presidente da empresa que houve um roubo?

— Ainda não.

Montalbano demonstrou enorme surpresa.

— Ai, ai! O senhor é um espanto.

— Ué, por quê?

— Porque era a primeira coisa que devia ter feito. Antes até de chamar a gente.

— Vou fazer logo...

— Olhe, pode ser muito tarde. Adiar a hora da explicação não adianta nada.

O outro voltou a ficar visivelmente pálido.

— Mas eu chamei vocês imediatamente!

— Mas nós não somos eles, entende?

Borsellino ficou mais pálido ainda e suas mãos ficaram mais trêmulas.

— E... les, quem?

— Eles — disse o comissário, evasivo. — O senhor sabe muito bem quem são. Aqueles que vão fazer umas perguntas que, perto delas, as do meu colega vão parecer brincadeirinha, piada.

Borsellino tirou um lenço do bolso e enxugou o suor que ensopava sua testa. Os óculos estavam embaçados. O nariz tinha começado a escorrer.

Montalbano pôs mais lenha na fogueira.

— E pode estar certo: advogado eles não vão chamar mesmo.

Deu uma risadinha de hiena faminta no deserto e continuou:

— No máximo vão chamar o padre para a extrema-unção. Eu não queria estar no seu lugar. Até logo.

E fez menção de sair.

— Es... espere — gemeu Borsellino, caindo sentado numa cadeira. — Juro pela santa alma da minha mãe que não fui eu que roubei o...

— Mas disso eu sei muito bem! — exclamou o comissário. — Tenho certeza disso! O senhor não é bobo de roubar dinheiro dos Cuffaro. Mas facilitou as coisas para o ladrão. Que não é um ladrão comum, porque qualquer ladrão sabe que dos Cuffaro não se deve roubar nada, mas é alguém que pôde pegar tranquilamente a outra chave, a cópia que está com o conselho de administração, ficar com ela uma horinha, usar e depois pôr de volta no lugar sem ninguém perceber. Trocando em miúdos, alguém da família que estava muito necessitado e pegou uma parte do dinheiro da empresa. Um traidor. Que vai ter o fim de todos os traidores da família.

Agora Borsellino, com a cabeça caída sobre o peito, tentava segurar as lágrimas.

— Boa sorte — disse Montalbano saindo da sala.

— Meus entusiásticos cumprimentos, mestre, esse foi um interrogatório nota dez — disse Augello assim que saíram. — Só me explica por que não continuou. Ele já estava entregando os pontos.

* * *

— Primeiro porque fiquei com dó. Segundo porque o nome de quem o obrigou a fazer o que fez ele não ia me dizer nunca, nem sob tortura.

Foram se encontrar com Fazio.

— Confessou?

— Não, mas chegou pertinho pertinho.

— Vai saber como foi coagido — disse Augello.

— Provavelmente com chantagem. Fazio, procure saber o máximo possível sobre esse Borsellino.

— Mas tem alguma coisa aí que não tá batendo — disse Mimì.

— O quê?

— Por que usar uma cópia da chave? Perdido por um, perdido por mil: já tinham inventado o cartaz no caixa automático e arrombado a gaveta, podiam muito bem arrombar pelo menos a fechadura externa. Mas, desse jeito, o ladrão acabou fazendo a gente pensar logo na chave do conselho de administração e na cumplicidade do gerente. Foi um erro enorme!

Montalbano olhou fixo para ele.

— Você acha que foi um erro?

Augello ficou aparvalhado.

— Você tem alguma outra ideia?

— Uma meia ideia, para ser mais preciso.

— E qual seria?

— Seria que o arrombamento que não aconteceu pegou até o gerente de surpresa. Ele não esperava isso. O acordo feito com o ladrão decerto previa que uma fechadura externa do supermercado devia ser arrombada. Por isso ele estava tão apavorado.

— Mas o que é que isso significa?

— Ainda não sei. A gente se despede aqui, vou comer. Depois do almoço conversamos.

— Por que se atrasou tanto? — perguntou Enzo, o dono do restaurante, quando ele chegou.

O comissário ficou com o coração na mão.

— Acabou tudo? Os clientes comeram tudo?

— Calma, Doutor. Para vossenhoria sempre tem comida.

Antepasto de frutos do mar (porção dupla), macarrão com molho de ouriço-do-mar (uma porção e meia), trilhas em conserva (seis trilhas bem graudinhas).

Pediu a conta, tinha se permitido um almoço especial de aniversário. Mas eis senão que, quando estava se levantando, viu Enzo chegar com um bolo bem pequenininho, que dava só para uma pessoa.

— Com meus parabéns pessoais, Doutor.

Entendeu que não podia fazer uma desfeita, que tinha de comer aquele doce, mesmo que ele estragasse o maravilhoso sabor das trilhas.

Estragado mesmo estava seu humor com aquelas duas velas em forma de número, em cima do bolo, compondo um maldito 58.

Dava para perceber que Enzo fazia contas do jeito de Livia.

Por isso, o passeio pelo molhe serviu não só para a digestão, como também para acalmar o nervosismo que o número em cima do bolo tinha provocado.

Assim que se sentou em sua sala, Gallo entrou.

— Doutor, queria dar uma informação sobre o Giovanni Strangio.

— Diga.

— Vossenhoria me mandou levar ele para a prisão de Montelusa, mas quando cheguei lá me disseram que eu precisava levar ele até o promotor público.

— Quem é o promotor público?

— O doutor Seminara.

Montalbano torceu o nariz. Todo mundo sabia que o promotor público Seminara era bastante sensível às pressões de certa facção política. Evidentemente, tinha sido avisado pelo advogado Nullo Manenti.

— E o que ele fez?

— Soltou na hora.

— Mas leu o que eu escrevi?

— Leu sim. Estava em cima da escrivaninha dele.

— E, apesar da minha denúncia, ele soltou?

Gallo abriu os braços.

— Tá bom, obrigado.

Montalbano resolveu na mesma hora não esquentar a cabeça. Concluiu que o próximo morto por causa de Strangio pesaria na consciência do doutor Seminara.

Gallo ainda estava descendo quando o telefone tocou.

— Ah, dotor! Ah, dotor, dotor!

Era a ladainha típica de Catarella quando ao telefone estava o senhor e subrintendente, como dizia ele.

— Diga que não estou.

— Mas dotor, mas tem que ver como ele tá enfezado!

— E você faça ele ficar mais enfezado ainda.

— Santa mãe, dotor, ele vai me engolir vivo pelo fio talifônico!

Fazio chegou lá pelas seis da tarde.

— Ficou sabendo o quê sobre Borsellino?

Fazio sentou, enfiou uma das mãos no bolso, puxou uma folha. O comissário anunciou:

— Já vou avisando que, se você for ler nessa folha o nome do pai e da mãe, local e data de nascimento de Borsellino, eu arranco esse papel da tua mão, amasso e te faço engolir.

— Como quiser vossenhoria — disse Fazio, entre conformado e ofendido.

Dobrou e pôs de volta a folha no bolso.

Ele sofria daquilo que o comissário chamava de "complexo de registro civil". Se Montalbano por acaso quisesse simplesmente saber o que alguém tinha feito às onze da manhã do dia anterior, Fazio começava o relatório pela data de nascimento do fulano, nomes dos pais, local de domicílio e assim por diante.

— E aí? — provocou o comissário.

— Viúvo, cinquenta anos, sem filhos, ninguém sabe de mulher nem de vício na vida dele — disse Fazio, telegráfico por desaforo.

— E por aí, o que se fala dele?

— Que foi contratado pelo supermercado por indicação do deputado Mongibello.

O deputado Gaetano Mongibello, ex-liberal, ex-democrata-cristão e, depois de certo período de eclipse, eleito deputado nas últimas eleições pelo partido de maioria, aquele que dá à Itália a força, tinha sido e continuava sendo advogado de confiança da família Cuffaro.

— Tá bom, mas antes de ser contratado como gerente ele fazia o quê?

— Trabalhava em Sicudiana como contador de umas empresas dos Cuffaro.

— Então era homem de confiança deles?

— É o que parece.

— Faz favor, você poderia se informar pra saber como é composto o conselho de administração da empre...

— Já feito.

Fazio, depois de se vingar, estava mais calmo.

— Quem são?

— Doutor, escrevi os nomes no papelzinho. Posso pegar?

Montalbano precisou engolir a ironia do outro.

— Pode.

— Os membros do conselho de administração são Angelo Farruggia, Filippo Tridicino, Gerlando Prosecuto e Calogero Lauricella. Os dois primeiros têm oitenta anos e são aposentados das ferrovias, Prosecuto é projecionista no cinema e Lauricella é ex-estoquista do mercado de peixe. Tudo laranja.

— Mas o presidente, quem é?

— O deputado Mongibello.

Montalbano ficou espantado.

— Vai saber por que se expôs pessoalmente.

— Doutor, vai ver que é porque um conselho de administração precisa ter pelo menos uma pessoa que saiba ler e escrever.

Aprontou a mesa na varanda, tirou da geladeira o prato com uma boa porção de polvo, levou para fora, temperou com azeite e limão. Começou a comer com certa satisfação por estar se vingando do susto da manhã. Estava bem macio, Adelina tinha cozido bem no ponto.

De repente se lembrou de ter lido, no livro de um cientista chamado Alleva, especialista em bichos, que os polvos são inteligentíssimos. Ficou um momento com o garfo parado no ar. Depois concluiu que o destino dos inteligentes sempre é ser engolido pelos cretinos mais espertos. Reconheceu sem nenhuma dificuldade que era um cretino e voltou a comer.

Mas, de tanto que pesava no estômago, o polvo ia se vingar impedindo o sono dele. Estavam empatados.

Tinha acabado de tirar a mesa naquele minutinho e estava fumando um cigarro na santa paz, quando o telefone tocou. Instintivamente olhou o relógio. Nove e meia, cedo demais para ser Livia.

— Ah, dotor, dotor! Discurpa incomodar! Já comeu, já?

— Já, Catarè, não se preocupe, diga lá.

— Talefonou agorinha uma mulhé que diz que vai rifá a China lá no supermercado de Piano Lanterna, mas não é chinesa!

— Catarè, uma mulher que varre e faxina.

— E o que foi que eu falei?

— Deixa quieto. O que ela queria?

— Queria avisar que o Porcellino se enforcou.

Montalbano não se surpreendeu, em certo sentido esperava alguma coisa do tipo.

— Fazio ainda está por aí?

— Não senhor, saiu pra ir lá com o Gallo.

Quando chegou ao supermercado, já estavam lá os jornalistas e uns cinquenta curiosos que Gallo e outro policial mantinham longe.

Dentro, encontrou Fazio de frente para uma mulher de uns quarenta anos que estava sentada numa cadeira com a blusa desabotoada, enquanto ao lado uma colega segurava um pano molhado na testa dela e outra abanava seu rosto com um jornal.

Vira e mexe a quarentona batia no peito e dizia:

— Santa Maria! Que susto que eu levei! Morri!

— Foi ela que descobriu o morto? — perguntou o comissário a Fazio.

— Foi sim. Mas quem telefonou foi aquela.

E fez sinal para uma moça de uns trinta anos que estava apoiada num balcão segurando uma vassoura.

— Avisou o promotor público e o doutor Pasquano?

— Já feito.

Chegou perto da moça.

— Sou o comissário Montalbano.

— Graziella Cusumano.

— Me diga como descobriram que...

— A gente chegamos aqui toda noite nove horas. A gente bate na porta dos fundos e o gerente vem abrir. Mas hoje de noite a gente bateu, bateu, e ninguém apareceu.

— Isso tinha acontecido outras vezes?

— Não senhor, nunca.

— Pode continuar.

— Então a gente pensamos que o gerente tinha ido pra casa, que não se sentia bem por causa do roubo e eu...

— Quem foi que lhe contou do roubo?

— Comissário, a cidade inteira tá sabendo! Aí eu telefonei pro celular dele. Mas ninguém atendeu. Achei esquisito. Pelo sim, pelo não, resolvi ligar pra firma e expliquei o pobrema pro Filippo Tridicino, que é um meio parente dele. Loguinho o Filippo chegou com a chave e abriu. Filumena, que é encarregada da limpeza da sala do gerente, foi lá. Viu ele pendurado e caiu desmaiada. Então eu telefonei pra vocês.

— A que horas fecha o supermercado?

— Oito. Mas hoje de tarde não abriu.

— Como não abriu?

— Sei lá. Quem me falou foi minha prima que trabalha aqui de vendedora. O gerente avisou o pessoal que de tarde não ia abrir.

— Obrigado — disse Montalbano encaminhando-se para o escritório.

Borsellino, subindo numa cadeira que, por sua vez, ele havia posto em cima da escrivaninha, tinha amarrado a ponta da corda numa trave, enrolado a outra ponta no pescoço, dado um chute na cadeira e adeus viola.

Montalbano se sentou, acendeu um cigarro e ficou lá, olhando o cadáver. Que se mexia um tiquinho de nada para a direita e um tiquinho para a esquerda, empurrado por alguma corrente de ar muito leve.

Depois Fazio chegou.

— Peguei depoimento de todas as mulheres. Posso liberar?

— Pode.

Quinze minutos depois apareceu o doutor Pasquano, fulo da vida.

— Eu estava indo para o clube, tenho uma partida importante, e o senhor vem me encher o saco!

— Eu? Ou o morto?

Pasquano deu uma olhada para o cadáver.

— Bom, é suicídio, não?

— Doutor, o senhor me desculpe, mas para mim é importante saber a hora da morte — disse Montalbano.

— Por quê?

— Porque assim é preciso. Quero ter certeza da hora da morte.

— Entendi. Mas se o promotor público não chegar, eu....

— Doutor, será que não dá para olhar mais de perto subindo na escrivaninha?

Ajudado por Fazio, o médico subiu xingando e começou a mexer no cadáver, girando-o feito um salame pendurado.

— Que horas são? — perguntou.

— Quinze para as onze.

— Na minha opinião, mas só posso ter certeza depois da autópsia, ele se enforcou entre as quatro e as cinco da tarde.

— Não pode ter sido lá por uma hora?

— Eu não diria.

— Obrigado. Fazio, eu vou para Marinella, fique aqui esperando o promotor público Tommaseo. Boa noite, doutor.

— Caralho! Alguém quer me ajudar a descer daqui? — perguntou Pasquano, furioso.

Quatro

Voltou para Marinella cedo demais para se deitar. Até porque não daria certo: sentia o polvo lutando ainda dentro da barriga; deitar não vinha ao caso.

Foi tirar a roupa e se lavar; depois, vendo que era meia-noite, ligou a televisão.

Logo apareceu a cara de cu de galinha de Pippo Ragonese, principal comentarista da "Televigata", seu inimigo jurado.

... é a pergunta desta noite. Vou resumir os fatos da maneira mais objetiva possível. O gerente do supermercado de Piano Lanterna, o contador Guido Borsellino, descobre o roubo do dinheiro, ocorrido durante a noite. Avisa o comissariado de Vigata, e para lá vai o subcomissário, doutor Augello, que, recebendo a denúncia, depois de nem meia hora de conversa com Borsellino, o acusa de modo mais ou menos velado de ser autor do roubo. Atônito, Borsellino telefona para o comissário Montalbano, que praticamente bate o telefone na cara dele. No entanto, depois de pouco tempo, até o inefável comissário Montalbano chega ao supermercado, e os dois, apesar de não terem a menor prova nas mãos — nem vou dizer prova! —, sem terem o

mínimo indício, começam a torturar, estou usando o verbo mais apropriado, com tanta fúria o pobre Borsellino, que ele, assim que termina o interrogatório, atordoado e fora de si diante da tremenda acusação, libera o pessoal, entra no escritório e se suicida, enforcando-se.

Ora, mesmo admitindo por um momento e por mera hipótese que Borsellino, pessoa de bons antecedentes, considerada integérrima, tivesse cedido a alguma momentânea tentação, isso não justifica de modo nenhum a atitude, que não hesito em definir como coisa de nazistas, do comissário e de seu subalterno.

Essa morte, e isso eu digo assumindo inteira responsabilidade, deve ser debitada ao comissário Montalbano. A seus métodos incivilizados e desumanos que desonram, enlameiam toda a corporação da Polícia Estatal, que ele sempre e em todas as oportunidades...

Montalbano, antes de desligar, cuspiu na cara do jornalista, lembrando que o mesmo Ragonese havia aplaudido a polícia depois da "matança mexicana" importada para Gênova durante a reunião do G8.

Mas fez isso convencido de que a versão dada por aquele safado fora transmitida a ele por baixo do pano, por alguma outra pessoa. A única coisa que Ragonese tinha feito era ler.

A tese que seria defendida pelos advogados dos Cuffaro, com Mongibello à frente, transparecia claramente das palavras de Ragonese.

Borsellino roubara o dinheiro e não tinha aguentado o violento interrogatório feito por ele e por Mimì. Não podiam admitir que haviam sido traídos por alguém da família; teria sido uma gravíssima perda de autoridade perante todos.

No momento devido, na calada, cuidariam também do traidor.

Pela primeira vez na vida, a raiva contida lhe pregou uma peça. Ele precisou ir correndo para o banheiro e lá se pôs a cuspir todo o amargo que lhe havia subido para a boca.

E, enquanto estava com a cabeça quase dentro do vaso, ouviu o telefone tocar.

Não estava em condições de ir atender logo, e o toque parou. Recomeçou depois que ele tinha lavado a cara.

Era Livia.

— O que estava fazendo, que não atendeu agora há pouco?

— Quer saber mesmo? Cuspindo bile.

Livia ficou preocupada.

— Ai, meu Deus! Por quê?

A pergunta irritou Montalbano.

— Por puro divertimento.

— Não seja tonto! Está se sentindo mal?

— Estou.

— Comeu demais?

— Não, precisei engolir demais.

— Não entendi.

E então contou tudo, começando pela história da manhã, com Strangio, desabafando e se segurando para não chorar de raiva.

Quando desligou o telefone, foi se sentar na varanda para fumar um cigarro. E se perguntava: por que alguém como Ragonese, e como ele tantos outros, mais importantes, que escrevem nos jornais do país e aparecem nos canais mais populares de televisão, trabalham desse jeito? Um jornalista sério teria ligado para ele, querendo saber sua versão dos fatos e, depois de ouvir os dois lados, daria sua opinião.

Em vez disso, os jornalistas como Ragonese ouviam só um lado, o dos seus patrões. E muitas vezes nem se podia dizer que faziam isso por dinheiro.

Então por quê? Só havia uma resposta: porque tinham alma servil. Eram os entusiastas voluntários do servilismo, caíam de joelhos diante do Poder, qualquer que fosse ele.

Não podiam evitar: tinham nascido assim.

De qualquer modo, quando foi se deitar meia hora depois, pegou no sono quase imediatamente. Dava para perceber que aquela explosão de raiva tinha facilitado a digestão.

Assim que entrou pela porta do comissariado, nem nove da manhã ainda, Catarella entoou a ladainha:

— Ah dotor! Ah dotor dotor!

Nem precisava perguntar quem havia ligado.

— Quando ele telefonou?

— Agorinha mesmo!

— O que ele quer?

— Que o senhor, quer dizer, vossinhoria, vá já já neste instante rapidinho e imediato falar com ele, que seria o senhor e subrintendente.

— Tá bom, eu vou. Volto assim que me livrar.

Logo que ligou o carro, percebeu que estava sem gasolina. Calculando bem, o posto mais próximo era aquele onde havia ocorrido o incidente com Strangio. A propósito, precisava trocar o vidro da janela, estava todo trincado, era perigoso continuar rodando daquele jeito.

Não precisava entrar em fila, e o frentista, que se chamava Luicino, logo apareceu.

— Completa, doutor?

— Sim.

Na hora de pagar, Luicino deu a entender com um sinal que não queria o dinheiro. Que novidade era aquela?

— O tanque fica de presente, doutor.

Montalbano ligou o carro, dirigiu até a área de estacionamento, pegou a carteira, tirou o dinheiro, antes tinha conseguido ler a quantia, desceu e voltou.

O frentista estava em seu cubículo. Sem dizer nada, mas olhando feio para o outro, o comissário pôs o dinheiro na sua frente. Luicino olhou e depois, sem dar um pio, meteu o dinheiro no bolso do macacão sujo de graxa.

— E agora me explica por que teve essa bela ideia.

O rapaz estava bem sem jeito.

— Doutor, é que ontem eu não agi direito com vossenhoria, então eu queria pedir desculpa.

— De quê?

— Daquilo que eu falei para o advogado.

— Para o advogado do rapaz da BMW?

— É.

— E o que você falou?

— Que vossenhoria tinha parado na frente dele, e que não deixava ele sair do lugar.

— Bom, e aí? Você falou a verdade.

— Mas nem isso eu queria falar! Eu queria negar tudo por respeito a vossenhoria! Queria dizer que não tinha visto nada!

— Então por que mudou de ideia?

— Ele me obrigou a mudar!

— Como?

— Falou do processo que tenho com a Província que quer fechar este posto. Eu recorri. E o advogado estava informado do caso, tanto é verdade que ele falou que, se eu...

— Até logo — disse Montalbano.

Entrou no carro e partiu para Montelusa.

Que bela gente! Não tinham vergonha de chantagear um pobretão que não estivesse às ordens deles. Por mais que o advogado Nullo Manenti tomasse banho naquele perfume fedido, sempre cheiraria a cloaca.

Ele e o patrão dele, o senhor governador da Província.

— O senhor superintendente está ocupado no momento. Pediu para lhe dizer que não vá embora e que fique à vontade na sala de espera — disse um porteiro sentado ao lado da porta do escritório.

A sala de espera era tão deprimente que, depois de cinco minutos, a pessoa começava a pensar em suicídio.

Em cima da mesinha, uma única revista, "Polícia moderna". O comissário começou a ler desde a primeira página. Quando terminou, uma hora tinha se passado.

Levantou, foi até o porteiro.

— Ainda ocupado?

— Sim. Perguntou se o senhor já estava aqui e quer que fique esperando.

— Quanto tempo demora?

— Eu acho que umas duas horas ainda.

— Obrigado.

Saiu para o corredor e, em vez de voltar a se meter na salinha, continuou, desceu até o térreo, saiu, pegou o carro e voltou para Vigata.

Fazia uma meia hora que estava em sua sala quando o doutor Pasquano ligou.

Era uma coisa incomum. Quando Montalbano queria saber o resultado de alguma autópsia, ele é que precisava ir falar com o médico e suportar toda uma série de insultos, grosserias e palavrões.

Pasquano não só tinha um mau gênio, como também seu mau humor de sempre piorava muito se na noite anterior ele tivesse perdido no carteado do clube.

— Queria informar que ontem à noite, apesar da sua encheção de saco fora de hora, tive tempo de ir para o clube e ganhar. Três horas de muita sorte. Peguei um full, um poker e uma sequência real!

— Parabéns pelo pé-quente.

— O nome certo disso é cu pra lua.

E desligou. Montalbano ficou com a mão perto do aparelho, percebendo que aquele telefonema havia sido puro teatro. De fato, nem um minuto depois, o telefone voltou a tocar.

— Ah, quase me esqueço. Gostaria de lhe comunicar, só de passagem, que na primeira hora desta manhã trabalhei no corpo do enforcado. Confirmo.

— O quê?

— Que, digamos assim, ele se deixou enforcar lá pelas quatro da tarde. No estômago ainda estava a pouca comida que tinha ingerido no almoço.

— Por que disse que se deixou enforcar?

— Ficou espantado? Não banque o inocentinho comigo! E não me diga que não tinha desconfiado!

— Não vou dizer. Mas o que foi que descobriu?

— Acredito que tenha sido estrangulado com o uso das mãos. Foi imobilizado, seguro com tanta força pelos braços que ficaram hematomas. Os assassinos eram pelo menos dois. Corda, trave, cadeira, tudo cena para levar a acreditar em suicídio.

— Cem por cento de certeza?

— Não. Na verdade, não vou escrever isso no laudo.

— Por quê?

— Porque, no tribunal, um bom advogado arranjaria mil explicações para os hematomas.

— Mas se o senhor não expressar oficialmente esse seu parecer, como é que eu posso me mexer?

— Vire-se — disse, como sempre gentilíssimo o doutor Pasquano.

E encerrou a ligação.

— Ontem à noite acabei vendo aquele grandessíssimo cornudo do Ragonese — disse Mimì Augello, entrando. — A gente não pode fazer nada pra se defender?

— Fazer o quê? Processar? Periga a lei te dar razão daqui a uns três anos, quando todo mundo tiver esquecido o caso.

— Estou sentindo uma coceira nas mãos que nem te conto. Qualquer dia desses, se eu der de cara com ele na rua, chamo ele pro tapa.

— Mimì, se está com coceira nas mãos, pede pra tua mulher resolver o caso. De qualquer jeito, à parte as besteiras e as ofensas, Ragonese te deu a resposta que você merecia.

— Eu?!

— Sim senhor. Você, ontem, disse que a história da falta de arrombamento externo não te convencia, e que o uso da chave tinha sido um grande erro. No entanto, Ragonese, indiretamente, te ensinou que o ladrão fez isso de propósito para encrencar o Borsellino e jogar a culpa do roubo nas costas dele.

— Pior ainda! Você está dizendo que ele não só é um jornalista escroto, mas que também é um safado intimamente ligado aos Cuffaro.

— Essas conclusões são suas — afirmou Montalbano.

Mimì saiu com mais raiva ainda e quase deu um encontrão com Fazio na porta.

— Chegou na hora certa — disse o comissário. — Preciso saber uma coisa. Descubra que serviço de vigilância noturna o supermercado contratou.

Fazio sorriu.

— Já feito.

Sem dúvida, Fazio era um grande policial, mas, quando fazia isso, Montalbano tinha vontade de lhe dar uns sopapos, como Mimì queria fazer com Ragonese.

— Diga.

— Nenhum, Doutor. Não precisava. Todo mundo sabia que o supermercado era dos Cuffaro. E nenhum ladrão podia ter a ideia de ir lá roubar. Mas...

— Mas?

— Bem ao lado fica o Banco Regional. E ele com certeza paga um serviço de vigilância. O guarda noturno, para ir ao banco, precisa obrigatoriamente passar pela frente do supermercado. Me informo?

— Sim.

Naquele momento o telefone direto tocou. Montalbano levantou o fone quase automaticamente. Levou um susto. Certeza absoluta que a voz que ele ouvia era humana, mas de repente tinha sido emprestada para algum animalão pré-histórico do tipo *Tyrannosaurus rex*.

— Mooooo... aaaaa... nooooo!

Moano? Era um sobrenome? Ou o masculino de Moana?

Ainda bem que ele não se chamava Moano, porque falar com uma trombeta do juízo universal seria uma coisa bem desagradável.

— É engano — disse.

E desligou.

— Então posso ir? — perguntou Fazio.

— Pode.

Fazio saiu, o telefone tocou de novo. Montalbano atendeu, mantendo o fone a certa distância da orelha, por precaução.

— Doutor Montalbano? É o Lattes.

O chefe de gabinete do senhor e subrintendente tinha o apelido "Lattes e mieles" por causa do jeito padresco de falar e se comportar.

— Diga lá, doutor.

— O senhor superintendente quer falar com o senhor imediatamente. Deixou-me encarregado de ligar-lhe porque precisou sair correndo para o banheiro.

Estava escapando? Informação sem dúvida preciosa, mas com ela Montalbano não sabia o que fazer. Então teve um estalo que lhe gelou o sangue nas veias.

— Foi... e... le que telefonou agora há pouco?

— Foi.

Mãe do céu, e o que tinha acontecido com ele? Uma metamorfose em réptil gigante?

— Desculpe, mas por que o superintendente está falando desse jeito?

— Porque está fulo da vida. Culpa sua.

— Minha?!

— Doutor, sinto-me no dever de adverti-lo de que o senhor superintendente está com muita raiva do senhor por causa do que aprontou...

— Eu?! Que eu...

— E principalmente porque não quis esperar que ele terminasse a reunião como lhe pediu que fizesse.

— Mas olhe...

— E, além disso, por que agora há pouco bateu o telefone na cara dele? Venha sem perda de tempo, eu lhe suplico. Venha logo. Voando. Deus não queira que ele fique mais nervoso!

— Mas olhe, eu o confundi com um...

Parou a tempo. Podia dizer que tinha confundido o superintendente com um dinossauro?

— Venha imediatamente, por favor.

Cacete dum cacete! Aquela voz selvagem da floresta tropical era do senhor e subrintendente Bonetti-Alderighi? Um homem de quem se podia dizer tudo, menos que não era um ser civilizado! Devia estar morrendo de raiva, por isso só restava a Montalbano escolher um de dois caminhos: ir e se deixar despedaçar como os antigos romanos no Coliseu, ou dar logo um tiro na cabeça. Optou pelo primeiro.

O doutor Lattes esperava passeando pela antessala. Parecia um bocadinho preocupado.

— Dei a ele dois tranquilizantes. Agora, graças a Nossa Senhora, está um pouquinho melhor.

— Mas o que foi que eu fiz?

— Ele mesmo vai dizer. Tenha a bondade, ele está esperando.

Bonetti-Alderighi estava sentado em sua poltrona atrás da escrivaninha, tendo a sua frente um vidrinho de comprimidos e um copo de água.

Estava despenteado, com os olhos meio esbugalhados, a gravata afrouxada e de través, os botões da camisa abertos. Ele, que andava sempre impecável! Tirando isso, parecia até que normal. Assim que viu o comissário entrar, abriu o frasco, pegou um comprimido, enfiou na boca, bebeu um gole de água e disse:

— O senhor ferrou com a minha carreira!

Montalbano teve vontade de rir.

Dava para perceber que, de tanto urrar como fera, o superintendente tinha perdido a voz e agora estava falando como o encantador de cavalos.

— Senhor superintendente, lamento muito, mas...

— Si-silêncio! Eu fa-falo!

Mas, antes de começar a falar, Bonetti-Alderighi engoliu outro comprimido.

Logo depois, abriu e fechou duas vezes seguidas a boca: estava difícil falar.

— Primeiro me te... lefonou... o do-do-doutor Strangio, go-governador... da Província... pra dizer que... que... o senhor tinha... provocado o filho dele e que mandou... alge-algemá-lo...

— Mas veja...

— Qui-quieto! E depois, faz uma hora... o depu-tado Mongibello...

Montalbano olhava fascinado para ele. Agora a voz do senhor e subrintendente estava saindo pastosa feito a de um bêbado de cair. Era como ouvir Fiorello fazendo uma imitação no rádio.

— ... me comunicou sua... decisão... de... fazer o pa-partido dele apre-presentar... uma interpelação... pa-parlamentar... sobre o su... icídio do gerente... Borselli... no...

Apoiou a cabeça no encosto da poltrona e então parou de falar. Montalbano ficou preocupado. Tinha morrido? Desmaiado? Deu devagar a volta na escrivaninha, ficou ao lado do superintendente, abaixou-se para escutar a respiração.

Bonetti-Alderighi tinha pegado no sono de repente com a boca aberta.

Que fazer? Acordá-lo?

Com quatro comprimidos de tranquilizante no corpo, aquele ali não ia se abalar nem com tiro de canhão, ia dormir até o dia seguinte.

Saiu nas pontas dos pés, fechou a porta devagar.

— Tudo esclarecido — disse ao doutor Lattes, que estava esperando na antessala e olhava para ele com ar interrogativo.

Cinco

Quando entrou em sua sala, encontrou Fazio sentado à espera.

— Alguma novidade?

— Doutor, tomei informações sobre a vigilância noturna do Banco Regional. Eles têm contrato com a empresa de vigilância "Sonos tranquilos".

— Liga para eles...

— Já feito. Acabei de telefonar. Na noite do roubo no supermercado, o vigia de serviço na região era um tal Domenico Tumminello, que hoje está de folga.

— Você deveria conseguir o número dele...

— Já feito.

De novo aquele maldito já feito! De novo aquela tremenda chatice do já feito! Aquilo dava nos nervos de Montalbano.

— Por acaso já telefonou para ele?

— Negativo, não quis.

— Por quê?

— Porque achei que o coitado deve estar dormindo, já que fica acordado a noite toda.

— Tem o endereço aí?

— Tenho sim. Ladeira Lauricella, 12.

— Sabe o quê? Vou eu mesmo agora lá. Se estiver dormindo, deixo dormir. Se não estiver, converso com ele.

O número 12 da Ladeira Lauricella correspondia a uma construçãozinha de dois andares, meio maltratada. O portão estava aberto, nada de interfone.

Entrou, a primeira porta que apareceu não tinha campainha, bateu. Silêncio absoluto. Bateu com mais força. Acrescentando um ou outro pontapé.

— Quem é? — disse uma voz de velha.

— Comissário Montalbano.

— Quê? Arioplano? Fala mais alto que eu sou um pouquinho surda.

— Comissário Montalbano!

— Falar com quem?

— Com o senhor Tumminello.

— Como?

Caramba, um pouquinho surda, essa não ia ouvir nem a barulheira de uma batalha naval.

— Quero falar com o senhor Tumminello! — esgoelou-se Montalbano.

— Parrinello?

Por sorte, na balaustrada do andar de cima se assomou uma mulher de uns quarenta anos.

— Falar com quem?

— Com o senhor Domenico Tumminello.

— Sou mulher dele. Sobe, sobe.

Por que tinha uma voz tão preocupada?

Montalbano não teve tempo de subir os três primeiros degraus, a mulher já veio correndo ao seu encontro. Então o comissário percebeu que ela estava sem fôlego e tinha um medo enorme no olhar.

— O que aconteceu com o meu marido? O que aconteceu com ele?

— Não fique nervosa, senhora. Não aconteceu nada. Ele não está em casa?

— Não senhor. Mas por que vossenhoria está procurando ele?

— Preciso de uma informação dele. Onde posso encontrá-lo a esta hora?

A mulher não respondeu, duas grossas lágrimas lhe escorreram pelas faces.

Deu-lhe as costas e começou a subir as escadas.

Montalbano foi atrás. Acabou numa sala de jantar, e a mulher o convidou a se sentar, enquanto bebia um copo de água.

— Senhora, como deve ter ouvido, sou um comissário. Explique por que está tão assustada?

A mulher se sentou torcendo as mãos.

— Ontem de manhã, Minico, meu marido, largou às seis e voltou pra cá. Bebeu um leitinho quente e foi deitar. Mais ou menos às dez, eu tinha chegado com a compra da despensa, o telefone tocou. Era um homem dizendo que era da empresa onde Minico trabalha.

— Disse o nome?

— Não senhor. Falou assim: sou da empresa Sonos Tranquilos.

— Já tinha ouvido a voz dele antes?

— Nunca.

— Tudo bem, continue.

— Me disse que Minico tinha que ir imediatamente na empresa porque um cliente tinha ido reclamar que Minico não fazia o serviço direito. Repetiu que tinha que ir logo e desligou.

— E a senhora o que fez?

— O que é que eu podia fazer? Acordei o Minico, contei a história, ele se vestiu, coitado, morto de sono, e saiu.

A mulher começou a chorar, dessa vez soluçando. Montalbano encheu o copo de água e lhe deu para beber.

— E depois, o que aconteceu?

— Aconteceu que não vi mais ele.

— Não voltou mais? Não telefonou? Não se comunicou de jeito nenhum?

Ela fez sinal de não com a cabeça. Não conseguia falar.

— Seu marido tem carro?

Outro sinal em negativa.

— Escute, a senhora telefonou para a empresa?

— Claro. Eles dizem que não... que nenhum deles... que nenhum cliente reclamou...

— Pode ser que ele tenha se sentido mal.

A mulher balançou a cabeça. Indicou uma mesinha na qual estavam o telefone e uma lista telefônica aberta.

— ... pra todos os hospitais — disse. — Nada.

Montalbano pensou um pouco no assunto.

— Talvez fosse melhor a senhora fazer uma queixa de desaparecimento.

Balanço negativo da cabeça.

— Por quê?

— Porque se eu fizer a queixa de desaparecimento, é capaz de ele desaparecer de verdade.

Era um argumento que não dava para contestar.

— Tem alguma foto de seu marido?

A mulher se levantou com dificuldade, saiu da sala.

Voltou com uma foto três por quatro, entregou-a ao comissário, sentou-se, apoiou os braços na mesa, pousou a cabeça.

Montalbano fez um ligeiro afago nos cabelos dela e saiu.

Assim que entrou em sua sala, chamou Fazio e contou o que a mulher de Tumminello havia relatado.

— Isso é preocupante — disse Fazio.

— Também acho. Mas antes de pensar em coisa ruim, seria melhor que você se informasse sobre a vida pessoal desse Tumminello. Toma, pega a fotografia.

Fazio olhou. A foto mostrava um quarentão de cara anônima, nenhum sinal, nenhuma cicatriz, nada, uma daquelas caras que a gente esquece nem cinco minutos depois de ter visto.

— Não me parece um truculento — disse.

— As aparências enganam, a gente sabe disso por experiência.

Fazio saiu e Augello entrou. Estava de cara fechada.

— Que foi?

— Ainda estou com muita raiva por causa daquele cornudo do Ragonese.

— Então é bom se preparar para o pior.

E, depois que Montalbano lhe contou tintim por tintim o encontro com o superintendente, a expressão dele ficou mais sombria.

— Portanto, o exímio advogado e deputado Mongibello quer levar uma coisa dessas ao Parlamento?

— Dá pra entender.

— Mas qual a vantagem?

— Tá brincando! Para eles é um ótimo pretexto, Mimì! Não vão deixar a oportunidade escapar!

— Explica melhor.

— Não há dúvida de que, no Parlamento, Mongibello vai ser apoiado pelos correligionários do partido da maioria. Não há dúvida de que o ministro do Interior, que pertence a outro partido, mas é da mesma laia dos seus aliados, vai dar provimento imediato. Esse provimento vai significar no mínimo a transferência do superintendente e a minha aposentadoria antecipada. E sabe o que isso significa?

— Que até que enfim você vai parar de encher o saco.

— Isso também, claro. Mas, principalmente, significa mil pontos a favor do poder mafioso dos Cuffaro, que sai dessa mais gigantesco e agradecido ao governo.

— Mas ninguém percebe?

— Alguns não, outros sim, claro.

— Se acontecer uma coisa dessas, eu me demito — disse Mimì.

— Não me faça rir. Vou fazer a mesma pergunta que você fez: qual a vantagem? Você só vai conseguir dar mais pontos para a máfia. Nada disso, você precisa é continuar lutando.

— Em duas frentes fica difícil.

— Duas? Conte bem, Mimì. São quatro.

— Quatro?!

— Sim senhor. Uma, a delinquência comum; duas, os homicídios ocasionais; três, a máfia; quatro, os deputados em conluio com a máfia.

— Sabe de uma coisa? Peço demissão já.

— E vai fazer o quê?

— Alguma coisa eu encontro. Ah, sim, poderia ser chefe das guardas comunais em alguma cidade.

— Escute aqui, antes de você fazer o pedido e de aceitarem, vai passar muito tempo! Então, enquanto isso é melhor começar a preparar a retaguarda. Prepara logo um relatório para o superintendente, assim ele lê quando acordar.

— O que escrevo?

— Os fatos. Desde o momento em que você chegou ao supermercado, as reações de Borsellino às tuas perguntas, a incoerência da execução do roubo, minha intervenção, tudo. Sem nenhum comentário, só os fatos.

— Tá bom.

Não que estivesse preocupado com a carreira como o superintendente, a ponto de quase passar mal, afinal já havia chegado ao fim; o que sentia era tanta raiva por dentro que tinha a impressão de estar com o sangue fervendo.

Nos últimos anos, quem sabe até pelo avanço da idade, ficava mais difícil controlar a indignação e a consequente revolta que ele sentia pelo apoio, mais ou menos aberto, que certo poder político dava à máfia, por meio de deputados e senadores coniventes. E agora estavam começando a criar uma série de leis que não tinham nada a ver com legalidade. Que país era aquele onde um ex-ministro disse uma vez que era preciso conviver com a máfia? Que país era aquele onde um senador, condenado em primeira instância por conluio com a máfia, se candidatou de novo e foi reeleito? Que país era aquele onde um deputado regional, condenado em primeira instância por ter ajudado mafiosos, era promovido a senador? Que país era aquele onde o crime de conluio com a máfia de alguém que tinha sido ministro e presidente do conselho um monte de vezes foi reconhecido em última instância, mas prescrito, de modo que esse alguém continuava sendo senador pelo resto da vida?

O próprio fato de aquela gente não se afastar espontaneamente demonstrava de que estofo era feita.

Afastou com um gesto o prato que estava à sua frente.

— Que foi, não vai comer? — perguntou Enzo, preocupado.

— Perdi o apetite de repente.

— Por quê?

— Fiquei aqui pensando umas coisas.

— Doutor, pensamento demais é o pior inimigo da barriga e, com todo o respeito, da pica.

— Mas nem sempre a gente consegue controlar os pensamentos. Lamento, porque o macarrão estava magnífico.

Nem a costumeira caminhada pelo cais até o farol conseguiu acabar com seu mau humor.

— A voz corrente é que Tumminello sempre foi um sujeito muito direito — começou Fazio. — Demitido de um primeiro emprego com trinta anos, encontrou logo depois esse trabalho de guarda noturno porque um parente da mulher dele é sócio fundador da empresa de vigilância. Não se sabe de nenhum caso de mulher nem de nenhum vício. A vida dele é da casa para o trabalho.

— Escuta, Fazio, tentei convencer a mulher dele a apresentar queixa de desaparecimento. Mas não consegui. Você deveria tentar.

— Já feito.

Ih! Que solene chatice!

— Foi falar com ela?

— Fui sim.

— Como ela estava?

— Desesperada.

— E o que ela disse?

— Que não quer fazer queixa pra não chamar azar. Está convencida de que, se fizer isso, o marido vai desaparecer de verdade.

— A mesma resposta que me deu. E eu me pergunto: então ela acha que o marido está desaparecido de mentira?

Fazio abriu os braços.

— O que você acha da coisa? — perguntou o comissário.

— Já disse. Acho que a coisa é feia.

— Feia como?

— Esse pobre coitado do Tumminello vai passando de bicicleta pela frente do supermercado àquela hora da noite e vê alguém abrindo uma das portas...

— Mas não se preocupa porque conhece a pessoa — continuou Montalbano. — É alguém que faz parte da empresa proprietária do supermercado.

— Exatamente. Continua seu giro, termina o turno e vai dormir. Quando o ladrão telefona, e ele é acordado pela mulher, o pobre coitado não tem nenhum motivo para desconfiar, está convencido de que a ligação vem da empresa.

— E também não se esqueça de que ele ainda não sabe do roubo. Ninguém teve tempo de informar a ele.

— Exatamente. Sai de casa e na frente do portão encontra o ladrão esperando. E não tem motivo para não confiar nele. Aceita uma carona e está fodido.

— Coitado — foi o comentário de Montalbano.

Depois de um tempinho em silêncio, Fazio continua:

— Em conclusão, se as coisas forem como achamos, esse roubo provocou um homicídio e um suicídio.

— Dois homicídios.

Fazio ficou um momento aparvalhado, olhando boquiaberto para o comissário, depois pescou:

— O gerente!

— Exatamente.

E contou tudo o que tinha ouvido do doutor Pasquano.

— A mim isso não convence — disse Fazio por fim.

— Explique-se.

— Parece que todo o dinheiro roubado do supermercado gira em torno de vinte mil euros.

— E...?

— Não é pouco para justificar dois homicídios?

— O que é que você está dizendo? Em primeiro lugar, é bom lembrar que hoje em dia matam para roubar quinhentos euros de aposentado; em segundo lugar, não esqueça que, se fosse um roubo em outro supermercado, eu te daria razão total. Mas um roubo aos Cuffaro é coisa diferente. Se te descobrem, você está morto, aí não tem santo.

— O pior é que é verdade.

E Montalbano teve uma ideia.

Mas não quis dizer logo a Fazio; antes, ficou pensando bastante tempo. Depois decidiu.

— Escute, o supermercado ainda está fechado?

— Está, até depois de amanhã.

— Sabe se alguém entrou lá depois do suicídio?

— E quem entraria? Tommaseo mandou lacrar a meu pedido.

Mas como Fazio era competente!

— As chaves do supermercado que ficavam com Borsellino, você sabe onde foram parar?

— Sei não. Provavelmente em algum bolso da roupa dele que ficou no Instituto do doutor Pasquano.

— Telefone já. Ah, escute, não fale com ele, mas com o atendente. Senão, é capaz de o Pasquano criar um caso que não acaba mais. Liga daqui.

A resposta foi positiva, todos os pertences de Borsellino ainda estavam com Pasquano.

— Vai agora mesmo, pega tudo e traz aqui. Estou esperando.

— Até a roupa?

— Até.

* * *

De Borsellino, o que havia no Instituto eram a camisa, a camiseta, as cuecas, as calças, as meias e os sapatos. Nos bolsos das calças foram encontrados um lenço, um molho de chaves, nove euros trocados.

— Faltam o paletó e a gravata — observou Fazio.

— Eu lembro muito bem que, quando ele estava pendurado ali na trave, não usava nenhum dos dois. Decerto os assassinos tiraram, porque é lógico que ninguém se enforca de paletó e gravata. Em mangas de camisa os movimentos são mais livres.

— Portanto, ainda estão no escritório do supermercado.

— Quase certo. Tenho a impressão de ter visto os dois pendurados lá dentro. Mas olhe esta camisa. Lembra aquela que ele estava usando quando chamou a gente por causa do roubo?

— Lembro, acho que era azul-escura.

— Também acho. Mas esta é branca. Isso significa que, ao contrário do que querem fazer acreditar, não é verdade que Borsellino se enforcou logo depois que nós saímos porque ficou perturbado com nosso interrogatório. Tem razão o doutor Pasquano. Borsellino voltou para casa, comeu alguma coisa, devia estar sem apetite por causa dos pensamentos que passavam por sua cabeça, trocou de camisa (lembra como ele suou na nossa frente?) e voltou para o supermercado.

— Depois deve ter recebido um telefonema, bateram na porta, ele foi abrir para os assassinos.

— É provável — disse o comissário.

E depois, olhando bem nos olhos de Fazio:

— Acho bom a gente ir dar uma olhada no escritório dele.

— Precisaria ter autorização do promotor público.

— E o que eu vou dizer? Se Pasquano escrevesse suas suspeitas no laudo, então seria fácil...

— Posso fazer uma pergunta?

— Claro.

— Por que o doutor Pasquano não quis mencionar os hematomas?

— A mim ele disse que era porque num tribunal a coisa não se sustentava. Mas, na minha opinião, está querendo se proteger.

— De quem?

— Fazio, querido, você acha que o Pasquano, informado como sempre está de tudo, não sabe que por trás desse caso estão os Cuffaro? Deve ter achado que tomar um pouquinho de cuidado não faria mal.

— Mas você estava dizendo? — perguntou Fazio.

— Estava dizendo que assim, sem nada nas mãos, acho que não é o caso de ir incomodar o Tommaseo.

— Tem razão — disse Fazio, já sabendo aonde o comissário estava querendo chegar.

E, de fato:

— Está a fim de ir lá comigo hoje à noite?

— Ao supermercado?

— E aonde você acha que eu ia querer ir? Dançar?

Seis

Fazio não hesitou nem um momento.

— Tudo bem.

— Escute, para não perder tempo, faça uma coisa. Vá ver quais destas chaves abrem a porta do prédio e do apartamento de Borsellino. É pra gente não ficar perdendo mais tempo pelejando na frente do supermercado. Depois vai me pegar de carro lá pela meia-noite e meia, uma hora.

— Doutor, quanto mais tarde, melhor.

— Então passa depois da uma.

Mas Fazio não se mexeu da cadeira.

— Que foi?

— Doutor, queria que vossenhoria pensasse bem antes de fazer uma coisa dessas.

— Por quê?

— Se descobrirem que entramos no supermercado sem autorização, a coisa pode ter consequências.

— Está com medo que o superintendente...

— Nada disso, Doutor, não me ofenda. Qualquer coisa que o superintendente diga pra mim não fede nem cheira.

— Então o quê?

— Tenho medo que os outros fiquem sabendo, por exemplo o deputado Mongibello, que é capaz de afirmar que entramos no supermercado para forjar provas falsas.

— Disso você pode ter certeza. Mas vamos dar um jeito de ninguém saber.

Em Marinella, devorou outra porção grande de polvo. Dessa vez tinha todo o tempo do mundo para digerir. Depois, tirou a mesa e voltou à varanda com o maço de cigarros, meio copo de uísque e um jornal local. Naturalmente, havia um artigo que falava do roubo ao supermercado e do suicídio do gerente. O jornalista parecia que havia copiado um ditado. Nunca citava o seu nome nem o de Augello; tudo se concentrava na tese de que quem tinha roubado o dinheiro era o próprio gerente, e que ele, sabendo de algum modo que havia sido descoberto, havia se enforcado.

— Amém — disse Montalbano.

À meia-noite, ligou a tevê. Pippo Ragonese, cada vez com mais cara de cu de galinha, estava dizendo que, mesmo admitindo que o ladrão fosse o gerente, isso não justificava os métodos brutais de Montalbano, única razão do suicídio do pobre Borsellino.

"Desde quando existe pena de morte por roubo neste país?", perguntou ele a certa altura.

— Vou te dizer — respondeu Montalbano. — Desde que o teu governo deu autorização para atirar em ladrão.

Desligou a tevê e foi tomar uma ducha.

À meia-noite e meia, Livia ligou.

— Desculpe se é tarde, mas é que eu fui ao cinema com uma amiga. Já estava deitado?

— Não, preciso sair a serviço.

— A essa hora?

— A essa hora.

Ouviu que ela murmurou alguma coisa, mas não entendeu.

— O que foi que você disse?

— Nada.

Mas, pelo jeito como ela disse aquele nada, Montalbano entendeu o que ela estava pensando. Sentiu uma raiva tremenda.

— Livia, você continua criando caso por uma coisa já discutida e rediscutida. Eu não sou funcionário com horário fixo. Não largo às cinco e meia da tarde e volto pra casa. Eu...

— Espera, mas por que toda essa bronca?

— E pode ser diferente? Você quer insinuar que...

— Eu não quero insinuar nada. Fiz uma simples pergunta e você já partiu com tudo. Mas convenhamos que vocês, da polícia, têm boas desculpas para passar a noite fora.

— Como é que é?!

— Isso mesmo. Como é que eu posso ter certeza de que você está saindo a serviço?

— Ter certeza?

— Não repita minhas palavras, por favor.

O sangue de Montalbano começou a ferver.

— E como é que eu faço para ter certeza de que hoje à noite você esteve no cinema com uma amiga?

— E com quem eu teria ido, na sua opinião?

— Eu sei lá! Quem sabe com aquele teu priminho, com quem você passou um verão num barco!

Briguinha colossal.

Fazio chegou à uma e quinze.

— Vamos com o meu ou com o seu?

— Com o teu.

Enquanto trafegavam, o comissário disse:

— Quando estávamos no comissariado, eu me esqueci de lhe pedir pra levantar informações sobre os horários da ronda dos guardas.

— Mas eu não.

Aquilo equivalia exatamente ao maldito "já feito". Simples variação em torno do tema. Montalbano mordeu o lábio inferior para não reagir com maus bofes.

— O que descobriu?

— Que o encarregado da vigilância verifica o banco por volta da uma e meia. Quando chegarmos ao supermercado, ele já passou.

— E a que horas é a ronda seguinte?

— Uma hora depois.

— Temos pouco tempo.

— Não se preocupe, o escritório fica na parte de trás do supermercado. Ali a vigilância não pode ver a gente.

Ficou um pouquinho em silêncio e depois disse:

— Queria perguntar uma coisa.

— Pergunte.

— O que é que nós vamos procurar no escritório?

— Não vou pra procurar nada.

— Então o que é que nós vamos fazer lá?

— Quero ver de novo o escritório.

Fazio estranhou.

— Mas já não viu e reviu?

— Sim, senhor, mas sempre com olhos diferentes.

— Pode se explicar melhor?

— Quando entrei lá pela primeira vez, o escritório tinha sido teatro de um roubo. E eu o olhei como o lugar onde havia ocorrido um roubo. Depois voltei lá porque ele tinha sido teatro de um suicídio. E o olhei como o lugar onde havia ocorrido um suicídio. Depois Pasquano me informou que se tratava de um assassinato. E eu não tive jeito de ir lá olhar desse ponto de vista. Estou indo agora fazer isso.

Fazio estacionou o carro a duas quadras do supermercado.

— Melhor o carro não ser visto nas imediações.

Depois, em vez de se dirigirem para as quatro portas principais, viraram a esquina e foram em direção aos fundos do supermercado.

— A porta dos fundos é de serviço, Doutor. Por ela entram as mercadorias, as mulheres da limpeza, os empregados. Aqui não há ruas de passagem.

De fato era assim.

Os fundos do supermercado davam para um terreno cimentado e murado que devia servir de estacionamento para os caminhões dos fornecedores.

Do outro lado do muro, campo aberto.

Fazio destacou uma parte da fita durex que segurava o papel que funcionava como lacre e, num piscar de olhos, abriu, deu passagem ao comissário e, entrando depois dele, fechou a porta atrás de si.

Indo para o escritório na escuridão total, a certa altura Montalbano pisou numa lata de conserva caída no caminho e, praguejando feito um louco e sem conseguir se firmar, saiu patinando e foi dar uma trombada numa pilha de caixas de sabão em pó, fazendo um tremendo barulho.

Fazio foi correndo tirar o comissário de baixo de uma montanha de caixas.

Talvez por causa do cheiro do sabão, o comissário começou a espirrar muito e a lacrimejar. Foi assim que parou de enxergar o pouco que enxergava. Deu dois passos com os braços estendidos para a frente como um cego, depois se rendeu.

— Me ajuda.

Fazio pôs o braço em cima do ombro dele e foi guiando até dentro do escritório.

Ali deixou o comissário e foi fechar com cuidado as persianas para a luz não passar e depois acendeu só o abajur que ficava em cima da escrivaninha.

Agora podiam trabalhar com toda a tranquilidade.

Mas, assim que levantou os olhos e encarou o comissário, não conseguiu segurar a risada.

Montalbano ficou invocado.

— Qual é a graça?

— Desculpe, Doutor, mas o senhor está igualzinho a um peixe enfarinhado pronto para a frigideira.

Montalbano olhou a roupa e os sapatos. Estavam brancos. Dava para perceber que, no encontrão, uma das caixas tinha se rasgado.

Foi até o banheirinho do escritório e se olhou no espelho. Parecia um palhaço. Lavou o rosto e, na volta, se sentou na cadeira do gerente.

Olhou tudo em volta.

Conforme havia lembrado, o paletó e a gravata estavam pendurados num gancho da parede ao lado da porta.

— Pegue tudo o que encontrar no paletó e me dê.

Em cima da escrivaninha, Borsellino não costumava deixar absolutamente nada, nem papel, nem caneta, nada do que se pode encontrar em cima de uma escrivaninha.

Montalbano abriu a gaveta do meio, a arrombada. Da primeira vez, não tinha reparado, mas desta vez notou que Borsellino guardava nela tudo o que é preciso para escrever: papel, canetas, lápis, carimbos. Quanto ao telefone, ficava em cima de um movelzinho ao lado. Enquanto isso, Fazio tinha posto em cima da escrivaninha uma carteira, cinco folhas de papel dobradas em quatro e uma cartela de fósforos vazia, daquelas que a gente ganhava de brinde em hotéis, casas noturnas e restaurantes, nos bons tempos em que se podia fumar livremente, sem risco de multa e cadeia. Na parte de dentro da cartela estava escrito: *Chat noir*.

— Tá tudo aí, Doutor.

Na carteira havia cento e cinquenta e cinco euros, os cartões de débito, do sistema de saúde e de crédito, a carteira de identidade, a fotografia de uma mulher que devia ter sido a esposa, o comprovante para ir buscar uns óculos no conserto.

As cinco folhas de papel eram as contas de entrada e saída de mercadorias no supermercado.

A propósito, pensou o comissário, onde será que Borsellino tinha posto o computador?

Montalbano abriu a gaveta da direita; o computador estava lá dentro. Um pouquinho abaixo da beirada da escrivaninha havia tomadas elétricas e de telefone.

— Sabe o que é *Chat noir*? — perguntou.

— Sei. É uma espécie de *club privé* de Montelusa.

— Sinceramente, não posso nem imaginar Borsellino frequentando esse tipo de lugar.

— Nem eu.

— Então por que será que ele tinha essa cartela no bolso?

— Bom, os motivos podem ser muitos. Pode ter ganhado de alguém.

— Mas ele não fumava! O que fazia com isso?

— Pode ter posto no bolso maquinalmente — continuou Fazio.

Um segundo depois, Montalbano sorriu para ele.

— Faz um favor? Olha embaixo da escrivaninha pra ver se encontra um cinzeiro e alguma guimba.

Fazio se deitou de bruços no chão, porque entre a escrivaninha e o piso a distância era de menos de dez centímetros.

— Está aqui — disse, levantando-se e pondo guimba e cinzeiro em cima da escrivaninha. — Mas como foi que percebeu que...?

— Imaginei a cena.

— Então me conte.

— O assassino entra com um comparsa, senta, tira um cigarro do maço, enquanto Borsellino pega um cinzeiro da gaveta do meio e empurra para ele; o assassino acende o cigarro com o último fósforo e joga a cartela em cima da escrivaninha. Borsellino, que não aguenta ver nada em cima da mesa, pega a cartela automaticamente, como você disse, e põe no bolso. Depois, no entrevero que aconteceu antes do enforcamento, o cinzeiro vai acabar embaixo da escrivaninha. Fechou?

— Fechou.

— Escuta, enfia a guimba e a cartela num saquinho de plástico. Podem ser importantes.

Enquanto Fazio obedece, na cabeça de Montalbano de repente pinta outra coisa.

— Onde foi parar o celular?

— Qual?

— O de Borsellino.

— Ele tinha?

— Claro. Lembro muito bem, quando vim aqui pela primeira vez, Borsellino estava com ele na mão.

— Procure direito dentro das gavetas.

Montalbano abriu a do meio, enfiou a mão até o fundo. Canetas, lápis, envelopes, papéis timbrados, carimbos, caixinhas de clipes, borrachas.

Abriu a gaveta da direita. Só o computador. Abriu a da esquerda. Recibos, documentos de expedição, livros de contabilidade.

Nada de celular.

— Os assassinos podem ter levado — disse Fazio.

— Ou ele deixou em casa quando voltou para comer e trocar de camisa.

— Pode ser.

— Sabe o que isso significa?

— Que precisamos ir à casa de Borsellino — concluiu Fazio, conformado.

— Na mosca. Põe tudo de volta no paletó e s'imbora.

Enquanto Fazio punha a carteira de volta no lugar, o comissário ouviu uma exclamação dele.

— Que foi?

— Acho que o celular está aqui, no bolsinho deste paletó. Não tinha olhado antes.

Enfiou dois dedos no bolsinho e puxou para fora alguma coisa que não era um celular.

Era um objeto mais curto e mais grosso que um termômetro, mas não era termômetro porque era de metal.

— O que é isso? — perguntou a Fazio.

— Doutor, vi uma porção disso nas entrevistas coletivas! Os jornalistas usam muito!

— Pra que serve?

— É um gravador que depois a gente liga no computador. São muito sensíveis e duram bastante. Mas não sei como se chama.

— Me dá aqui.

Fazio deu, e Montalbano pôs no bolsinho.

— Sabe de uma coisa? Por via das dúvidas, levamos o computador.

Fazio remexeu na gaveta aberta e depois de um tempinho disse:

— Pronto, vamos.

Saíram do escritório e caíram na escuridão total.

— Doutor — disse Fazio —, ande atrás de mim com as mãos nos meus ombros. Assim a gente não apronta outra daquelas.

Ninguém os viu sair do supermercado.

E não encontraram ninguém no caminho até o carro.

Quando chegaram à região da casa de Borsellino, Fazio também estacionou numa rua próxima. Mas já era alta madrugada, e só dois cachorros e três gatos brigavam perto de uma caçamba. Antes de descerem do carro, Fazio pegou duas lanternas e deu uma ao comissário.

— Borsellino morava no quinto andar — disse, enquanto se encaminhavam para lá.

— Tem elevador? — perguntou Montalbano, preocupado.

— Tem. O que vamos fazer?

— Como assim?

— Vamos até o sexto e descemos um andar ou vamos até o quarto e subimos um?

— Melhor a primeira — disse o comissário.

Fazio abriu a porta do prédio como se tivesse morado a vida toda lá. Mas, na porta do apartamento, sentiu alguma dificuldade.

— O que está acontecendo?

A chave se recusava a entrar.

Tentou de novo.

— Que novidade é essa? — disse em voz baixa. — Poucas horas atrás estava abrindo direitinho!

Finalmente conseguiu, entraram e fecharam. Ligaram as lanternas.

O apartamento consistia numa entradinha, quatro aposentos que davam para um corredor, dois banheiros e a cozinha. Estava claro que, depois de enviuvar, Borsellino não tinha desejado ter outra mulher circulando pela casa. Tudo estava em perfeita ordem.

O celular não estava nem no quarto, nem na sala de jantar, nem na de visita. Também não estava na cozinha e em nenhum dos banheiros.

O último aposento era uma espécie de escritório.

Nele havia uma escrivaninha idêntica à do supermercado, uma poltrona e dois armários de metal cheios de pastas. Nada de celular à vista.

Montalbano abriu, uma a uma, as três gavetas da escrivaninha e logo ficou convencido de que o celular não estava lá.

Mas alguma coisa não batia. De repente, ele entendeu o que era.

Um pouquinho debaixo da beirada da escrivaninha, correspondendo à gaveta da direita, estavam as tomadas elétricas e telefônicas que serviam a um computador. Mas em cima da escrivaninha não havia nenhum computador.

Fazio, que tinha acompanhado atentamente os movimentos de Montalbano, pegou a coisa no ar.

— Pode ser que na casa ele não tivesse computador. Essas escrivaninhas já são montadas assim, não significa que...

Montalbano deslocou um pouco de papel da escrivaninha e debaixo apareceram um mouse e um teclado.

Mostrou aquilo a Fazio, sem falar.

Aí, de repente, Fazio deu um tapa na testa e correu para o vestíbulo. O comissário foi atrás.

O policial abriu a porta devagar, tentou enfiar a chave, de novo encontrou resistência.

— Foi arrombada — disse. — Alguém entrou e...

— ... passou a mão no computador — concluiu Montalbano.

— Mas o mais estranho é que, na certa, fizeram isso depois que eu experimentei a chave — disse Fazio. — Bem quando a gente estava no supermercado. E é bem capaz de...

— Agora eles estarem lá para pegar o outro computador porque não sabem que nós pegamos — concluiu mais uma vez o comissário. — Estamos brincando de revezamento.

— O que vamos fazer? Ir encontrar com eles? — propôs Fazio.

— Vamos lá.

Correram para o carro. Enquanto trafegavam, Fazio perguntou:

— Está armado?

— Não. E você?

— Eu sim. No porta-luvas tem uma chave inglesa. Pegue lá, melhor que nada.

De uns tempos para cá andava às voltas com chaves inglesas, pensou enquanto a enfiava num bolso.

— Primeiro vamos passar pela frente da entrada principal e ver se algum carro está estacionado lá — sugeriu Fazio.

Não viram nenhum carro. Então, com muita cautela, Fazio levou o carro para o terreno dos fundos. Lá também nada.

Desceram, e a primeira coisa que viram foram os lacres no chão. Fazio, com certeza absoluta, tinha posto tudo no lugar quando saíram.

Portanto, alguém estava ou tinha estado dentro do supermercado.

Sete

Tiveram a confirmação de que alguém havia entrado depois da saída deles porque ali também foi difícil enfiar a chave na fechadura.

Finalmente a chave girou, mas, ao contrário do que Montalbano esperava, Fazio não abriu logo a porta. Não só não abriu, como também se virou e olhou para o comissário.

— E aí?

— Primeiro a gente faz um acordo — disse Fazio.

— Vamos ver.

— Eu entro, mas vossenhoria não.

— E por quê?

— Porque está desarmado.

— Mas eu tenho a chave inglesa!

— Imagina só que medo eles vão sentir dessa chave inglesa! Corto meus colhões que esses caras são os mesmos meliantes que já mataram dois.

— Fazio, ouve o que eu vou dizer. Nem a pau que eu fico aqui! Além disso, lembre que eu sou seu chefe.

— Doutor, com todo o respeito, raciocine. Vossenhoria no escuro não é capaz de dar um passo. Não enxerga um milímetro na frente do nariz. E, se acontecer outro furdúncio com as caixas de sabão, os caras atiram antes que a gente diga *ai*.

Humilhado e ofendido, mas reconhecendo que Fazio estava dizendo a verdade, ele não soube como rebater.

— De acordo?

— De acordo — prometeu Montalbano, engolindo em seco.

Fazio sacou o revólver, engatilhou, abriu a porta, entrou.

O comissário encostou a porta e ficou olhando pela fresta.

Mas não enxergava nada, cegueira absoluta. E na certa era tudo culpa da idade. E ainda por cima também não ouvia nada, porque Fazio sabia se mexer como um gato.

Nem cinco minutos depois, Fazio reapareceu.

— Vieram, mas foram embora.

— Como você percebeu que vieram?

— Deixaram abertas todas as portas do armário e as três gavetas da escrivaninha. Estavam procurando o computador. Ainda bem que tivemos tempo de pegar antes.

Quando chegou a Marinella, tomou uma ducha para se lavar do sabão em pó, que tinha entrado pelo colarinho da camisa e chegado até o peito e as costas, e foi um banho bem demorado porque, em contato com a água, o sabão em pó fazia mais espuma que o sabonete.

Quando foi se deitar, cheirava a roupa lavada.

Mas não conseguiu pegar logo no sono. Uma pergunta insistente girava sem parar pela cabeça dele: por que Borsellino tinha um gravador daquele tipo no bolsinho do paletó?

Claro que não guardava o gravador sempre ali, devia ter o costume de pôr no bolsinho depois de usar.

Mas o que fazia com ele? Será que gravava música?

Não, não era exatamente o tipo de quem ficava ouvindo Chopin ou Brahms.

Nem do tipo que ouve ópera lírica. E cançõezinhas de hoje em dia.

Então era evidente que, em algumas ocasiões, gravava conversas no escritório.

Com que finalidade?

Provavelmente, quando precisava chamar a atenção de algum empregado, ou mesmo demitir, o gravador entrava em cena.

Assim, se depois alguém movesse uma ação, ele sempre podia demonstrar como as coisas tinham acontecido de verdade.

Satisfeito com a explicação que se deu, adormeceu.

De manhãzinha teve um sonho.

E desse se lembrou porque, bem no meio do sonho, acordou. E assim o sonho estava fresco na memória.

No sonho, apareceu um trecho de um filme americano que ele vira muito tempo antes.

O nome era "Os invencíveis".

Não, estava enganado, o filme se chamava *Os intocáveis*.

Tratava da guerra de um grupo especial da polícia contra o famoso Al Capone.

E de uma cena ele tinha gostado muito mesmo, aquela da prisão do contador de Al Capone no alto de uma escadaria enorme numa estação ferroviária.

Agarrar o misterioso contador era importantíssimo porque pelos registros dele seria possível demonstrar que o chefão sonegava impostos.

O mais engraçado do sonho era que, naquela cena, ele, Montalbano, era o policial-chefe, e Fazio, o ajudante.

No filme acontece que, enquanto os dois policiais americanos estão com os guarda-costas do contador na mira, um carrinho de criança que tem um molequinho dentro escapa das mãos da mulher que o puxava pela escada e começa a despencar pelos degraus. Estava claro que se tratava de uma homenagem ao grande diretor soviético Eisenstein.

No sonho, como Montalbano não precisava fazer homenagem a ninguém, já não se tratava de um carrinho, e sim de uma caixa de sabão em pó que dentro não tinha um molequinho, mas o gerente Borsellino de fraldas, touca e óculos, chorando desesperado e pedindo socorro pelo celular.

Fazio tentava segurar a caixa-carrinho, mas não conseguia, e a caixa com Borsellino dentro acabava se esborrachando debaixo de uma locomotiva que vinha chegando.

Enquanto isso, os guarda-costas do contador atiravam nele, Montalbano, latas de molho de tomate. Uma delas se espatifava e acertava bem na sua testa.

Fazio, vendo toda aquela vermelhidão escorrendo da cabeça dele, levava um tremendo susto: "Comissário, vossenhoria está ferido!" "Não, Fazio, é tomate! Esqueceu que estamos num filme?"

Em suma, um pasticho do mundo do crime.

Depois se lembrou que, antes de sair para a incursão noturna com Fazio, tinha traçado um tremendo prato daquele maldito polvo.

Essa era a explicação para toda aquela barafunda do sonho: não tinha conseguido digerir direito.

Só acordou, completamente atordoado, porque o despertador tocou. Não tinha dormido nem três horas. Por via das dúvidas, a primeira coisa que fez foi pegar o resto do polvo que ainda estava na geladeira e colocar lá fora, na varanda. Os gatos iam se esbaldar.

Depois ficou um tempão debaixo do chuveiro, mais com fins despertatórios do que banhatórios, e só saiu porque tinha medo de acabar com toda a água da caixa.

No fim, vestiu um terno limpo porque o do dia anterior, que estava enfarinhado demais, ele havia jogado no cesto de roupa suja. Adelina trataria de levar para uma lavanderia.

Estava pronto para sair quando o telefone tocou.

Oh, meu Jesus Cristinho!, disse com seus botões. Me poupe do morto da manhã! Não estou em condições nem de saber se estou vivo!

Foi ver, era Livia.

— Como vai?

Onde mesmo ele tinha lido que essa é uma pergunta que não se deve fazer a ninguém?

— Vou indo. E você?

— Não dormi por sua culpa.

— Por minha culpa?

— É. Como ontem à noite a gente desligou de mal, eu queria... pedir desculpas. Liguei aí de meia em meia hora. Mas você não atendeu. Às três parei, mas estava agitada. Por que não atendeu?

— Livia, lindo amor da minha vida, tente pensar e me responda: por que você acha que nós brigamos?

— Não lembro mais.

— Vou refrescar sua memória. Nós brigamos porque você ficou chateada por eu ter de sair a serviço. Lembrou agora?

— Vagamente.

Aquela mulher era capaz de tirá-lo do sério!

— Em conclusão: se eu não estava em casa, não podia atender os teus telefonemas. Elementar, meu caro Watson.

— Ah ah!

— O que significa ah ah?

— Significa, em outras palavras, que, se você me chama de Watson, é porque se acha Sherlock Holmes!

Não, briguinha logo de manhã não mesmo!

— Tchau, Livia, até de noite. Agora preciso sair correndo.

— Corre, corre.

Santa Maria! Como era antipática às vezes!

— Catarè, por acaso Fazio lhe deu um computador?

— Deu, dotor. Entregou, sim. Me explique o que é que eu devo fazer com o dito cujo?

— Abra, veja tudo o que ele contém, mas tudo mesmo, e depois me apresente um relatório circunstanciado.

Catarella ficou aparvalhado.

— O que foi?

— Não entendi o que é que eu preciso apresentar para o senhor.

— O que o quê?

— Isso que o senhor disse. Circulanciado.

— Catarè, significa simplesmente que depois você me conta o que é que tem dentro do computador tintim por tintim.

— Ainda bem, dotor. Eu fiquei assustado.

Fazio entrou.

— Alguma novidade?

— Nenhuma, Doutor.

— E Augello?

— Denunciaram uma tentativa de roubo numa peleteria e ele foi lá.

— Tomara que dessa vez ele não seja acusado de induzir o proprietário ao suicídio.

— Dessa vez não há perigo, Doutor. A peleteria pertence a um tal de Alfonso Pirrotta, um daqueles que se recusam a pagar a taxa de proteção à máfia.

— Então a tentativa de roubo deve ser um aviso para ele se convencer a pagar — disse Montalbano. Depois perguntou: — Quantos não pagam em Vigata?

— Hoje em dia, uns trinta. Mas talvez aumente. Em Montelusa tem um novo juiz, Barrafato, que não tem contemplação com ninguém, e os negociantes se sentem encorajados.

— Pobre Barrafato!

Fazio olhou para ele espantado.

— Por que está dizendo isso?

— Porque mais dia, menos dia, de tanto encher o saco da máfia, o Barrafato vai ser denunciado ao Conselho Superior da Magistratura por alguma interceptação que, segundo algum deputado, ele não deveria ter feito, todos os jornais e tevês vão sujar o nome dele, e no fim ele vai ser transferido por incompatibilidade com o meio. Quer apostar quanto?

— Nada. Não gosto de perder aposta.

Voltou logo depois com um sorrisinho que não agradou nada o comissário.

— Doutor, vamos dar mais um tapinha naquilo?

— No quê?

— Nos documentos pra assinar.

Montalbano pesou o pró e o contra. Como não tinha nada para fazer, melhor aguentar o suplício.

— Tá bom, traz uns dez.

Tinha acabado de ler e assinar a metade dos documentos, o telefone tocou. Olhou o relógio, já eram quase onze. Atendeu com disposição, quem sabe tinha acontecido alguma coisa, e ele seria poupado daquela chatice de assinaturas. Era Catarella.

— Dotor, acontece que está aqui aquele senhor do outro dia que quer falar com vossinhoria em pessoa pessoalmente.

— O que significa aquele senhor do outro dia? Disse o nome?

— Disse sim, dotor. Strangio.

Strangio?! Giovanni Strangio? O motorista louco?

Não era possível! Catarella, como de costume, devia estar trocando nomes.

— Certeza de que se chama Strangio?

— A mão no fogo, dotor.

Naquelas alturas, de tanto pôr a mão no fogo, já devia estar até sem nenhum coto fumegante.

E o que poderia querer Strangio?

Mas, antes de mandá-lo entrar, era melhor ter certeza de que se tratava dele mesmo.

— Escute, diga pra se sentar na salinha. Ah, espera. Quando for com ele até lá, dá um jeito de ver se ele tem alguma chave inglesa no bolso.

Melhor desconfiar.

Catarella voltou ao aparelho depois de um tempinho.

— Sabe o que eu fiz? Fiz de conta que levei um escorregão e, pra não cair, me agarrei nele pra poder verificar. Não foi boa ideia?

— Foi, parabéns. Mas e a chave, ele tinha?

— Não senhor, dotor. A mão no fogo.

Mas Montalbano ainda não estava convencido.

Esperou alguns minutos, se levantou, saiu da sala, passou pela frente de Catarella, fazendo sinal de silêncio com um dedo nos lábios, pôs a cabeça para fora da porta, olhou para o estacionamento.

A BMW que ele conhecia muito bem estava lá.

Então, sem dúvida, era ele mesmo.

Passou de volta pela frente de Catarella, que ficou olhando para ele aparvalhado e em posição de sentido, voltou para sua sala, pegou o fone.

— Catarè, me passa o Fazio.

Mal teve tempo de contar até cinco.

— Diga, Doutor.

— Escute, Fazio, está aí aquele motorista, Strangio, aquele que eu detive no outro dia, aquele meio agitadinho demais que...

— Fiquei sabendo do fato, Doutor, mas nunca vi pessoalmente esse tal de Strangio.

— Não faz mal, vai ver agora. Como eu não sei o que ele está pensando, acho que seria melhor você estar presente durante a conversa.

— Já estou indo.

Melhor tomar cuidado com um personagem desses.

Fazio chegou, sentou-se numa das duas cadeiras que ficavam na frente da escrivaninha.

Montalbano ligou para Catarella e lhe pediu que mandasse entrar o homem que queria falar com ele.

Assim que viu Strangio, Montalbano ficou espantado.

Quem estava entrando não era o Giovanni Strangio que ele havia conhecido, mas uma espécie de irmão gêmeo dele.

Enquanto aquele era furioso, neurastênico e truculento, este era educado, bem arrumado, comportado.

— Bom dia — cumprimentou.

— Fique à vontade — disse Montalbano, indicando a cadeira vaga.

Strangio se sentou.

— Posso fumar? — perguntou.

— Na verdade não poderia — disse o comissário. — Mas podemos abrir uma exceção.

E por acaso todo mundo não sabe que louco não se contraria?

Strangio pegou o maço e o isqueiro e acendeu um cigarro.

Foi então que o comissário e Fazio perceberam que as mãos do rapaz tremiam muito. Era evidente que mal conseguia controlar uma forte comoção.

Montalbano trocou um olhar rapidíssimo com Fazio, dando a entender que ele deveria ficar de olho.

O melhor era não forçar o moço a falar, que demorasse todo o tempo que quisesse.

— Estou aqui... Vim para denunciar um assassinato — disse o rapaz de supetão.

Foi como se ele tivesse jogado uma bomba no meio da sala.

Fazio se levantou num pulo, Montalbano se endireitou contra o encosto da poltrona.

— Assassinato de quem? — arriscou a perguntar o comissário.

— Da minha... da minha namorada — respondeu o moço.

Montalbano e Fazio agora nem respiravam.

— O nome dela é... era Mariangela Carlesimo. — Puxou a última tragada. — Onde eu jogo? — perguntou, mostrando a guimba.

Aquela pergunta desfez a tensão.

Montalbano relaxou, Fazio respondeu:

— Dá aqui.

E foi jogar pela janela.

— Naturalmente, não fui eu quem matou — recomeçou Strangio. — Só a encontrei morta. Além disso...

— Um momento — deteve-o Montalbano. — Não diga mais nada. Peço que não continue.

O rapaz olhou para ele intrigado. Fazio também.

— Veja, o fato é que fui eu que o detive e denunciei pelo incidente do outro dia.

— E o que isso significa?

— Significa que eu talvez não seja a pessoa mais indicada para cuidar de um crime no qual o senhor também está implicado de algum modo.

— Por quê?

— Porque eu poderia ser acusado de fazer as investigações de um jeito, como dizer, não imparcial. Fui claro?

— Claríssimo. E agora?

— Agora vou ser mais explícito. Já falou sobre isso com o advogado Nullo Manenti?

— Sim, senhor. Foi a primeira pessoa que informei.

— E a segunda foi seu pai?

Deveria ter engolido a língua. Mas tinha escapado.

O rapaz, no entanto, não aceitou a provocação.

— Naturalmente.

— E o que foi que o advogado lhe disse?

— Para vir eu mesmo falar com o senhor.

— Por que ele não veio junto?

— Tinha um compromisso no Tribunal.

Fazio não resistiu mais.

— O que quer fazer? — perguntou ao comissário.

— Onde está a morta? — indagou Montalbano ao rapaz.

— Lá em casa. Nós morávamos juntos fazia algum tempo.

— Vamos até lá — disse o comissário, levantando-se.

— Aviso a perícia, o promotor público e o doutor Pasquano? — perguntou Fazio.

Montalbano estava para dizer que sim, mas se segurou.

Será que não seria melhor ir ver primeiro se a tal morta existia mesmo? Não seria possível que aquele louco tivesse inventado tudo?

— Chame quando eu disser para chamar.

— Não quer saber mais nada? — questionou, admirado, o rapaz.

— O que o senhor disse já chega. O resto eu prefiro que diga ao promotor público, não a mim.

— Como quiser. Vamos com o meu carro? — perguntou Strangio.

Para bater em alguma árvore?

— Não, vamos com um carro de polícia. Gallo está aí?

— Está.

Fazio foi avisar Gallo. Montalbano e Strangio saíram do comissariado, à espera do carro. O moço acendeu outro cigarro.

Montalbano olhava para ele com o rabo dos olhos porque agora o corpo de Strangio estava sendo percorrido por uma espécie de tremor, parecia vibrar por inteiro, como que atravessado por uma corrente elétrica.

E tudo aconteceu de repente.

Oito

Assim que o carro dirigido por Gallo apareceu, Strangio atirou longe o cigarro, deu um pulo para a frente e mergulhou, para se jogar embaixo dele.

Por sorte o carro estava parando, por isso vinha devagar.

O único resultado foi que Strangio não conseguiu cair debaixo das rodas, só bateu a cabeça com toda a força contra o para-choque e ficou esticado no chão, enquanto o sangue começava a jorrar de sua testa.

Fazio e Montalbano se acocoraram para olhar, à primeira vista não parecia nada grave.

Gallo tinha corrido para dentro do comissariado. Strangio começou a chorar.

O policial voltou com desinfetante e algodão, para tentar estancar o sangue.

Mas não conseguiu, o ferimento era grande demais.

— Levem para o pronto-socorro — disse Montalbano. — E depois passem aqui pra me pegar.

Em vez de voltar logo para sua sala, ele preferiu ficar lá fora fumando.

Não tinha ficado impressionado com o gesto de Strangio.

Percebia muito bem que não era coisa feita por impulso, ditada pela dor, pelo desespero, pelo remorso ou vai saber por qual outro motivo.

Não, tinha sido um gesto realizado de cabeça fria, de caso pensado, calculado milimetricamente. Strangio, naquele momento, não estava fora de si, talvez quisesse parecer assim. Claro que tinha a intenção de produzir certo efeito. Qual?

Aquele era o gesto típico de um culpado que quer parecer inocente. Era como assinar a confissão de assassinato.

Afirmaria que tinha desejado se jogar debaixo do carro por causa do desespero de ter perdido a namorada.

Mas Montalbano decidiu não pensar mais, senão acabaria formando ideias preconcebidas.

Entrou em sua sala.

E, exatamente para se obrigar a não pensar em nada, voltou a assinar os malditos documentos.

Fazio apareceu depois de uma hora.

— Como foram as coisas?

— Deram cinco pontos.

— E agora, onde está?

— Aí fora. No carro.

— Está em condições de...

— Doutor, acredite em mim: afora alguma dorzinha de cabeça, ele está ótimo.

Assim que saíram, Montalbano viu Gallo indo para o carro com um balde cheio de água e uma esponja.

— O que você vai fazer?

— Lavar o para-choque. Está sujo de sangue.

— Espere. Temos uma Polaroid?

— Não. Mas eu tenho uma boa máquina.

— Melhor. Vá pegar a máquina e fotografe as manchas. Depois você lava.

— Explique por quê — pediu Fazio.

— Porque Strangio é capaz de qualquer coisa, até de jurar que fomos nós que quebramos a cabeça dele no comissariado para ele confessar que é o assassino.

Não tinha jeito, o preconceito dele contra aquele rapaz já tinha criado raízes. Talvez plenamente justificado.

Melhor passar o caso a alguma outra pessoa assim que surgisse uma oportunidade.

Strangio morava numa pequena *villa* na via Pirandello, número 14. Era uma rua meio afastada da cidade, paralela à estrada que Montalbano pegava entre Vigata e Marinella.

Quase grudado, à direita da casa, separado por uma ruela por onde mal passava um carro, ficava um prédio de seis andares. Não havia pessoas às janelas, com exceção de uma senhora de certa idade, tomando sol.

Felizmente ninguém ainda sabia daquela morte.

Um portão que tinha ficado aberto dava para um caminho transitável por carro que cortava um jardim malcuidado. Tinha mais erva daninha que flor. O caminho continuava até os fundos da casa.

Fazio estacionou bem diante do portão. Desceram todos.

— Vá na frente — disse Montalbano ao rapaz.

Percorreram o caminho, chegaram à frente da porta.

Strangio, que já estava com uma chave na mão, enfiou-a na fechadura. Mas hesitou um momento antes de girá-la.

Depois decidiu e abriu, pondo-se logo de lado.

— Eu preciso ir na frente? — perguntou.

— Sim.

— Não dá — disse o rapaz decidido, pondo uma das mãos na cabeça enfaixada.

Estava pálido como um morto.

— Prefere ficar aqui fora? — perguntou Montalbano.

— Se fosse possível...

— Só uma curiosidade: por que preferiu ir até o comissariado em vez de nos avisar pelo telefone logo que descobriu o corpo?

Strangio engoliu, devia estar com a boca seca.

— Não sei... meu primeiro impulso foi sair correndo para o lugar mais distante possível daqui.

— Está bem. Gallo, fique com ele. Onde está?

— Quem? — disse Strangio, surpreso.

— O corpo.

— Em cima. No escritório.

No térreo havia uma sala de jantar, um salão, a cozinha e um banheiro. Uma bela escada de madeira levava para o andar de cima. Subiram.

Ali havia um grande quarto de casal com a cama desfeita, um quarto de hóspedes, um banheiro e o escritório.

Todo o andar estava impregnado do cheiro adocicado de sangue, um cheiro que Fazio e Montalbano conheciam bem e que ficava preso à garganta como um gosto enjoativo.

Em cima da escrivaninha do escritório estava deitado atravessado o corpo completamente nu, com as pernas totalmente abertas, de uma garota morena, de cabelos compridíssimos, que devia ter sido muito bonita.

Tinha sido trucidada, não havia outro termo possível.

Estava toda lacerada. O assassino havia se encarniçado tanto nas mamas e no baixo ventre que era possível ver a parte interna das carnes rasgadas.

No piso, o sangue formava uma poça enorme, impossível se aproximar sem pisar.

Montalbano não aguentou mais.

— Avise todo mundo — disse, descendo do quarto.

Agora entendia por que Strangio não tivera coragem de subir com eles.

Desceu ao térreo, apareceu na porta, chamando Gallo e o rapaz. Os três se sentaram na sala, para esperar.

E, até a perícia chegar, ninguém falou.

Logo depois apareceu o doutor Pasquano.

Tinha vindo de ambulância com dois ajudantes que depois levariam o cadáver ao Instituto de Medicina Legal para a autópsia. Não cumprimentou ninguém, estava de cara feia.

Decerto, na noite anterior tinha perdido no pôquer.

— Onde está?

— Em cima — respondeu Fazio.

Pasquano desapareceu e reapareceu um minuto depois, vermelho e mais nervoso que antes.

— Mas que sacanagem, hein! Disseram que eu preciso esperar mais meia hora! Ficam se divertindo tirando fotos! Como se servisse para alguma coisa! Eu não tenho tempo pra perder!

Sentou furioso numa poltrona ao lado da do comissário, tirou do bolso um jornal e começou a ler.

Mas, quando Montalbano teve a ideia de espichar o pescoço para enxergar melhor uma manchete, o doutor olhou feio para ele, levantou-se e foi se sentar numa cadeira mais distante.

Gallo mantinha o olhar fixo à frente; Strangio estava com as duas mãos na cabeça; Pasquano lia e resmungava; Fazio, que depois da chegada da perícia tinha descido, consultava um papel.

O comissário teve a exata impressão de estar na sala de espera de um dentista.

Levantou-se e foi fumar no jardim.

Depois de um tempinho, Fazio foi falar com ele.

— Doutor, me explique por que não interroga Strangio?

— Seria perda de tempo.

— Por quê?

— Tenho certeza de que o superintendente, assim que voltar a ter condições de entender e querer, vai me retirar a investigação. E, dessa vez, com boa dose de razão.

— Só por isso?

Fazio era uma pessoa inteligente, e estava demonstrando que era com aquela pergunta.

— Fazio, os outros motivos guarde para si mesmo.

— Tem medo que estejam lhe preparando uma armadilha?

— Em certo sentido, sim. Se em algum momento eles sacarem a história de eu ter motivos de me mostrar hostil em relação ao moço, os resultados da minha investigação vão poder ser facilmente invalidados.

Naquele instante chegou o promotor público Tommaseo com o escrivão Deluca.

— Desculpem o atraso. Infelizmente tive um pequeno acidente de carro.

Tommaseo, além de usar lentes grossas que pareciam vidros blindados, dirigia feito um bêbado drogado. Na rua por onde ele trafegasse não havia coisa, árvore, caçamba, poste com que ele não trombasse. Como andava a trinta por hora, estragava só o carro.

— Quem é a vítima? — perguntou a Montalbano.

— Uma moça muito nova e bonita — disse o comissário.

E, enquanto os olhos de Tommaseo começavam a brilhar, Montalbano carregava nas tintas.

— Completamente nua.

— Violentada?

— Provavelmente.

Tommaseo atravessou a porta e desapareceu dentro da casa num piscar de olhos.

— Vai junto — disse Montalbano a Fazio. — E, quando ele começar a interrogar o Strangio, venha me avisar. Quero assistir.

O depoimento do rapaz foi colhido por Tommaseo e transcrito pelo escrivão na sala de visitas. Fazio assistiu, Gallo foi convidado a ficar lá fora.

O mesmo para o doutor Pasquano, que, praguejando, foi para a sala de jantar.

— Dados pessoais.

Strangio deu.

Ao ouvir o nome do pai, Tommaseo teve um instante de hesitação.

— Por acaso é filho do...

— Sim, o governador da Província é meu pai.

— Ah — exclamou Tommaseo.

Suspirou e continuou:

— Diga como descobriu o crime.

O rapaz parecia ter recuperado o controle. Agora dava a impressão até de estar relaxado, nem as mãos tremiam. A pancada na cabeça, com toda aquela perda de sangue insano, talvez tivesse sido útil.

— De manhã, quando cheguei a Punta Raisi...

— De onde vinha?

— De Roma.

— Por que estava em Roma?

— A trabalho.

— Trabalha em Roma?

— Não, aqui. Precisei ir a Roma para uma reunião.

— Trabalha onde?

— Na HP. Produz computadores, impressoras... Mas não sou propriamente um empregado da firma. Sou representante exclusivo para a Sicília. Nós, representantes, temos uma reunião mensal em Roma, de um dia só, a data é comunicada a cada vez, mas sempre durante a primeira semana.

— Então o senhor ficou ontem o dia todo em Roma?

— Sim.

— A que horas saiu de Palermo?

— Ontem? Peguei o voo das sete da manhã.

— Continue seu relato.

— Hoje de manhã, assim que aterrissei em Palermo no voo das nove, que chegou pontualmente, fui pegar o carro que eu tinha deixado no dia anterior no estacionamento e, sem perder tempo, parti logo para Vigata. Mas...

— Mas?

— Eu estava intranquilo. Alguma coisa não ia bem.

— O quê?

— Olhe, toda vez, assim que aterrisso em Punta Raisi, ligo para Mariangela, minha namorada. Hoje de manhã também telefonei, mas ela não atendeu. Telefonei várias vezes do carro enquanto vinha para cá. Não atendeu de jeito nenhum. Fiquei preocupado.

— Por quê? A moça podia ter saído para fazer compras ou por outro motivo qualquer.

— Mariangela nunca se levantava antes das dez.

— Podia ter ido à casa dos pais.

— Eles não moram em Vigata.

— Ligou para o celular ou para o telefone fixo?

— Para o telefone da casa. Um deles fica no criado-mudo dela. Deixei tocar muito tempo.

— Por que não tentou o celular também?

— Porque Mariangela tem... tinha o costume de deixar desligado até se levantar. Além disso, ela sabia que eu ligaria para o fixo, como sempre, assim que aterrissasse, portanto...

— Continue.

— Quando cheguei, estacionei o carro na garagem, que fica nos fundos, e entrei na casa passando pelo jardim. Abri a porta, chamei, ela não respondeu. Achei que estava dormindo profundamente, porque às vezes costumava tomar um sonífero. Subi a escada e fui para o quarto. Não estava. Fui para o corredor e de lá vi uma coisa... terrível em cima da escrivaninha do escritório. Dei um passo e... Só isso.

— Então não entrou no escritório?

— Não.

— Por quê?

— Sei lá... em parte porque as pernas se recusaram a sair do lugar... em parte porque entendi que não havia mais o que fazer. E também... porque não conseguia acreditar. Não sei como explicar...

— Como então percebeu que ela estava morta?

Pela primeira vez Strangio levantou os olhos e olhou diretamente para Tommaseo.

— Meu Deus, mas era tão evidente!

— Como se chamava sua namorada?

— Mariangela Carlesimo, tinha vinte e três anos, fazia arquitetura em Palermo.

— Há quanto tempo namoravam?

— Namorávamos há mais de um ano e meio. Mas fazia seis meses que tínhamos vindo morar aqui.

Nesse ponto, Montalbano se levantou e saiu.

— Gallo, venha comigo até o Enzo.

Bobagem continuar ouvindo as perguntas de Tommaseo, era melhor ir comer.

Do lado de fora do portão agora havia repórteres de tevê e de jornal, que tinham corrido ali feito moscas atraídas por cheiro de merda.

Não deu a Enzo toda a satisfação que seus pratos mereciam. Comeu pouco, e o pouco que comeu foi sem vontade.

Não conseguia explicar aquele seu mal-estar.

Seria porque não conseguia esquecer a imagem do corpo trucidado da pobre garota? Ou seria porque todo o comportamento de Strangio não o convencia?

O costumeiro passeio até o farol foi mais para passar o tempo do que para fazer a digestão.

De volta ao trabalho, a primeira coisa que fez foi ligar para o superintendente. Quem atendeu foi Lattes, dizendo que o superintendente continuava indisposto. Mas que, para todos os efeitos, estava sendo substituído pelo vice-superintendente Concialupo. Se fosse algo urgente, podia falar com ele.

Mas o comissário não tinha nenhuma vontade de falar com Concialupo, que era bonzinho e simpático, mas, para entender as coisas, era preciso repetir três vezes.

— Doutor, sabe quando o senhor superintendente...

— Com certeza amanhã de manhã, que Nossa Senhora permita.

O que fazer?

O melhor seria não lidar diretamente com Strangio antes de falar com o superintendente.

Interrogá-lo primeiro seria um passo em falso.

O telefone tocou.

— Dotor, acontece que no telefone, no telefone está o promotor.

— Tommaseo?

— Em pessoa pessoalmente.

— Pode passar.

— Mas você viu que garota esplêndida que ela era? — começou o outro.

Imagine só! Devia estar babando. Quando se tratava de mocinhas bonitas assassinadas, de crimes passionais, de rolos amorosos, Tommaseo se esbaldava, se regalava.

O comissário estava convencido de que aquilo era uma espécie de compensação pelo fato de não se saber de nenhuma história de mulher na vida do promotor.

— Estou com as fotos dela na minha frente, e garanto que, viva, ela era mesmo uma beleza rara — continuou Tommaseo.

Montalbano ficou horrorizado.

Mas que foto ele estava olhando? As fotos horrendas do cadáver?

— Pediu as fotos à perícia?

— Não! Pedi ao Strangio. A propósito, já tenho uma ideia formada, sabia?

O comissário ficou estupefato.

Que Sherlock Holmes que nada! Tommaseo era uma soma de Poirot, Maigret, Marlowe, Carvalho, Derrick, Colombo e Perry Mason, tudo junto e misturado num liquidificador.

— Mas não me diga!

— Digo sim, querido! Olhe, a coisa aconteceu como vou lhe dizer agora, ponho minha mão no fogo.

Como dizia Catarella. E aí queimavam não só a mão, mas o braço inteiro.

— Me dê uma luz.

— Simplíssimo! Estou convencido de que Strangio, voltando inesperadamente para casa, encontrou a namorada em plena conjunção carnal com outro. E aí, louco de ciúme, ele a matou.

Mas como foi que Tommaseo não percebeu que o sangue da moça estava seco? Que ela havia sido assassinada no mínimo no dia anterior? Resolveu rir dele um pouco mais.

— Mas como conseguiu em tão pouco tempo...? — perguntou, fingindo espanto e admiração.

— Foi só falar com ele. Aliás o senhor também estava lá, não? Viu só que autocontrole? Que lucidez, eu diria, desapiedada?

— Que autodomínio? — acrescentou Montalbano.

— Exato. Mas como?! Mataram a moça que mora com você e você nem pisca?

— Nem balança? — disse o comissário.

— Exato. Não move um músculo?

— Não derrama uma lágrima? — sugeriu Montalbano.

— Exato. Concorda, Montalbano, que essa é a frieza típica do assassino?

— Como não?

— Então submeta-o a um interrogatório formal, por favor!

— Mas ele está preso?

— Não. Aliás, diga como é que eu poderia ter feito isso? No momento ele é simples testemunha.

Por isso, precisava ser tratado como tal. Que interrogatório, que nada.

Nove

Depois de uma hora, Fazio entrou.

— Sabe de uma coisa? Tommaseo me telefonou.

— O que ele quer?

— Que a gente interrogue o Strangio.

— Ah ah!

— Por que está rindo?

— Porque ele deu um jeito de não interrogar! Você não viu como a cara dele mudou quando Strangio disse de quem era filho? O senhor promotor público quer fazer a gente de para-raios dele!

— No entanto — continuou Montalbano —, isso não significa que a gente não vai tocar o caso assim mesmo. Talvez sem que isso chegue ao conhecimento de Strangio ou do pai. Porque, se chegar, a coisa ficaria perigosa.

— Quem toca nos filhos, morre! — disse Fazio.

— A garota, como é o nome, ah, Mariangela Colosimo... — começou o comissário.

— Carlesimo — corrigiu Fazio.

Como é que antes não errava um nome e agora estava ficando cada vez mais parecido com Catarella?

— Essa garota — recomeçou com uma ponta de irritação —, pelo que disse o namorado, não parecia pessoa que gostava de cuidar da casa. Com certeza devia ter uma diarista. Seria bom saber quem é, como se chama...

— Já feito — disse Fazio.

O sangue do comissário subiu à cabeça. Acometido por uma raiva irracional e impossível de conter, ele deu um tremendo tapa na escrivaninha.

Pego de surpresa, Fazio ficou impressionado.

— Que foi?

— Nada, nada — disse Montalbano, envergonhado do acesso de raiva. — Matei uma mosca que estava me incomodando. Diga.

— Posso dar uma olhada num papelzinho que está no meu bolso? — perguntou Fazio em tom de questão preliminar e um tantinho desafiador.

— Desde que não me venha com dados de registro civil.

— Tudo bem. Ali na casa tudo já tinha sido feito, todo mundo tinha acabado de sair, e eu estava entrando no carro para voltar aqui, quando uma mulher de uns cinquenta anos chegou e disse que queria saber o que tinha acontecido. Eu respondi que fosse ver na televisão. Mas ela disse que era empregada dos Strangio e que pegaria no batente à uma. Então eu contei o que tinha acontecido, e, como depois da notícia ela não conseguia nem andar, eu e Gallo demos uma carona até a casa dela. E assim eu consegui fazer umas perguntas em particular.

— Fez muito bem.

— Obrigado.

Só aí pegou o papelzinho, deu uma olhada rápida e o devolveu ao bolso.

— A empregada se chama Concettina Vullo. Ia lá todos os dias, menos domingo. Chegava à uma e ficava até as quatro. Cozinhava, passava roupa e limpava a casa.

— O que ela falou de Strangio?

— Que conhecia pouco porque de dia ele quase sempre comia fora. Disse que era bandeirinha.

O comissário se espantou.

— Bandeirinha?! Mas se apresentou como representante de...

— Bandeirinha no sentido do caráter.

— Como assim?

— Cata-vento. Agora alegre e daqui a cinco minutos puto da vida.

— Ela assistiu a alguma briga dos dois namorados?

— Assistiu não.

— E a moça, como era?

— Em resumo, uma garota legal. Passava horas no celular.

— Em suma, não disse nada de substancioso.

— Disse não, mas uma coisa sim.

— Então me conte.

— Disse que a mocinha às vezes arrumava a cama ela mesma.

Montalbano o olhou estupefato.

— Não parece uma grande notícia.

— Dona Vullo disse que a cama quem fazia era quase sempre ela, mas que alguns dias encontrava já arrumada.

— Isso eu já entendi. Mas e daí? Pode ser que às vezes desse na telha da garota de ser prendada e do lar.

Fazio continuou, imperturbável.

— E isso sempre acontecia quando Strangio passava a noite fora da cidade, a trabalho. Explicado?

Então o quadro mudava completamente.

— Explicadíssimo. Agora a história está clara. Nas noites em que Strangio não dormia em casa, ela, digamos assim, recebia sem medo de ser desagradavelmente surpreendida pelo namorado. E, para a empregada não perceber que ali tinham dormido duas pessoas em vez de uma, ela deixava a cama bonita e arrumadinha.

— É o que parece.

O comissário ficou pensativo. Depois disse, olhando Fazio nos olhos:

— É absolutamente necessário saber quem ia se encontrar com ela quando Strangio não estava.

— Certo — disse Fazio. — Mas de que jeito? Note que só por acaso fiquei sabendo da existência da empregada. Se não fosse isso, tudo estaria no escuro total. A casa, tirando o prédio que fica ao lado, é bem isolada. Vai ser difícil alguém vir dizer que em certas noites notava um carro assim assado, estacionado até de manhã na frente do portão.

— Mas a gente pode tentar chegar aí partindo dela.

— Como assim?

— Fazio, o que é que nós sabemos dessa garota? Pouco ou nada. Sabemos que estudava arquitetura, que os pais não moram em Vigata, que dormia até as dez. Não acha que é o caso de saber mais coisas? Ir até a casa, olhar fotografias, papéis. E, estando lá, você poderia dar uma olhada também nas coisas dele... Saber, em suma, se a garota tinha alguma amiga, alguém que frequentava a casa...

— Doutor, não esqueça que a casa foi lacrada.

— E eu não estou dizendo para você repetir o que fez no supermercado. Desta vez, peça permissão ao Tommaseo.

* * *

— Catarella? Preste bastante atenção. Procure em Roma o número da sede da HP...

— Sim, sim, entendi.

— Entendeu o quê?

— Que vossinhoria quer o número da sede.

— Sim, mas de que empresa?

— Dotor, vossinhoria não disse de que empresa, mi disse só pra procurar o número da sede, depois me perguntou se eu tinha entendido, e eu respondi *accapii*.

Finalmente Montalbano entendeu o equívoco.

— Não, Catarè, não perguntei se você tinha entendido, disse que a firma se chama HP (*Acca Pi*).

— Agora *accapii*, dotor, peço compreensão e perdão. E depois, o que eu faço?

— Quando achar o número, liga, e quando atenderem me passa a ligação.

— É pra já, dotor.

Cinco minutos depois, o telefone tocou.

— HP. Quer falar com quem? — disse uma voz feminina aguda, romanesca e sobretudo antipática.

— Aqui é o comissário Montalbano. Gostaria de falar com alguém da direção.

— Qual o assunto, por favor?

— O assunto é a reunião de ontem dos representantes regionais.

— Então lhe passo o doutor Quagliotti. Um momento, por favor.

O momento, com trilha sonora de música sacra de Bach, que não dava para entender o que tinha a ver com computadores, durou tanto, que Montalbano teve tempo de repassar a tabuada do 7, do 8 e do 9.

— Quagliotti. Diga lá, comissário. Mas aviso que não podemos fornecer informações reservadas por telefone. É nossa diretriz. Portanto, seria oportuno o senhor...

— Não tenho interesse em informações reservadas. Só quero saber os horários da reunião dos representantes que ocorreu ontem.

— Das dez às treze — atacou o outro, como uma máquina —, pausa para almoço das treze às quatorze, sessão da tarde das quatorze às dezessete.

— Uma última pergunta e o deixo em paz. Giovanni Strangio estava presente na sessão da tarde?

— Às quatorze assinou presença. Se foi embora antes...

Montalbano agradeceu e desligou.

E isso, afinal de contas, podia não ser um álibi.

Se, por acaso, a autópsia revelasse que Mariangela tinha sido morta no fim da tarde, Strangio teria tido tempo de pegar um avião em Roma, chegar de carro a Vigata, assassinar a moça, voltar a Punta Raisi, passar a noite em Roma e partir novamente no dia seguinte de manhã para Vigata.

Mas, para confirmar a hipótese, era preciso consultar o horário dos aviões, e ele nunca tinha sido capaz de entender como se lia um horário qualquer, de trem, de navio, de ônibus e muito menos de voos, que, além de tudo, trazem conexões para outras cidades.

Mas existia uma solução.

— Catarè, liga para o comissariado de Punta Raisi e pede pra falar com o comissário. Depois me passa.

— É pra já, dotor.

E foi mesmo pra já.

— Doutor Montalbano? O comissário no momento está fora. Pode falar comigo, sou o inspetor-chefe De Felice.

Montalbano explicou o problema com detalhes. E ele disse:

— Pode aguardar no aparelho?

Voltou menos de três minutos depois.

— Olhe, com o horário na mão, confirmo que o que o senhor disse é possível. Agora digo com detalhes.

— Desculpe, De Felice, os horários me confundem. Eu só precisava saber se a minha hipótese é plausível.

— Sem dúvida que é, doutor.

Mas ele precisava de outra confirmação. Precisava telefonar para o Instituto de Medicina Legal.

— Aqui é Montalbano.

— Quer falar com o doutor Pasquano? — perguntou o porteiro.

E com quem mais seria? Com algum daqueles mortos que estavam no necrotério?

— Escute, sabe se o doutor fez a autópsia daquela moça assassinada a facadas?

— Acabou agorinha. Passo pra ele?

— Prefiro falar com ele pessoalmente.

— Mas tem de ser logo porque hoje ele tem a intenção de voltar mais cedo pra casa.

Quando estava saindo, avisou a Catarella:

— Volto daqui a uma hora. Se Augello ou Fazio me procurarem, estou no doutor Pasquano.

No caminho para Montelusa aconteceu de tudo.

Dois caminhões andando lado a lado um bom trecho, sem dar passagem para ninguém, um abalroamento de dois carros, um ônibus quebrado.

Por isso perdeu bastante tempo antes de chegar ao Instituto.

Tinha acabado de estacionar quando viu com o rabo dos olhos que o carro ao lado partia feito um rojão, cantando pneus.

Estava olhando, curioso, quando a mão de alguém saiu pela janela do motorista e fez tchau tchau.

Mas aquele era o grande cornudo do Pasquano dando no pé para não falar com ele!

Ligou o carro e saiu na perseguição.

Conseguiu ultrapassar o carro de Pasquano antes da cancela da saída e atravessou seu carro na frente do dele.

Depois, saiu bem devagar, que nem os policiais de trânsito americanos quando vão lavrar uma multa, só ficou chateado de não ter aquelas luvonas para ir tirando com calma, e foi se debruçar na janela do carro de Pasquano.

— Habilitação e licença do veículo — disse.

— Só vou dar se você enfiar naquele lugar — retrucou Pasquano, irritado. — Mas como?! Um homem direito não pode mais voltar pra casa depois de um dia de trabalho? Que foi que eu fiz de mal nesta vida para merecer um castigo como você? Quando é afinal que você vai resolver se aposentar? Não está vendo que é um velho decrépito caindo aos pedaços?

— Agora que desabafou — disse o comissário —, fale alguma coisa sobre a moça.

— E acha que eu não tinha percebido que você estava aqui pra isso? Vou dizer tudo de uma vez, assim depois você não me enche mais o saco. Abre bem os ouvidos, porque não vou repetir. Então, quarenta e sete facadas, digamos assim, a primeira delas na jugular foi mortal.

— Ué, então...

— Não me interrompa, senão não digo mais nada, nem sob tortura. As outras quarenta e seis serviram para descarregar a raiva do assassino, que se concentrou principalmente na vagina e nos seios. Até aqui está claro? Não responda, não diga nem sim nem não, levante e abaixe a cabeça. Sim? Então continuo. O homicídio deve ter acontecido num espaço de tempo que vai das cinco da tarde às sete, no máximo às oito. Lamento pelo doutor Tommaseo, que vai ficar profundamente decepcionado, mas, apesar das aparências, a moça não foi, repito, não foi violentada. E também não há vestígios de relações sexuais consentidas. Com isso me despeço e fui.

— Espere um pouquinho, por favor! — insistiu Montalbano agarrando-se à janela, pois o doutor tinha ligado o motor. — Houve luta corporal?

Pasquano olhou para ele com pena.

— Mas que luta corporal você quer, se eu acabei de dizer que o primeiro golpe cortou a jugular! Você não percebe que está completamente gagá? Ela foi para o escritório, e o assassino acabou com ela na hora.

— Mas por que ela foi nua para o escritório?

— Sei lá! Problema dela.

— Que tipo de faca foi usado?

— Não se trata propriamente de faca. Alguma coisa muito afiada e fina. Uma navalha, um estilete, uma coisa assim.

— A perícia encontrou a arma?

— Está vendo como sua cabeça anda ruim? Se a perícia tivesse encontrado, eu teria dito exatamente com que arma ela tinha sido assassinada. Agora posso ir?

— Claro. Obrigado.

Montalbano foi tirar o carro do caminho.

Pasquano passou devagar pela frente dele. Pôs a cabeça para fora da janela.

— Ah, estava esquecendo. Estava grávida.

— De quanto tempo? — gritou Montalbano.

— Dois meses — respondeu Pasquano.

E acelerou.

Tinha ficado tarde. Mas, antes de ir para Marinella, deu um pulo no comissariado para ver se havia novidades.

Não só não havia novidades, como também não havia mais ninguém, com exceção de Catarella.

— O que você já encontrou no computador de Borsellino?

— Ah, dotor, estou acabando de trabalhar.

— O que encontrou?

— Dotor, no computador tem três ícones principais, um de correspondência, que seria das cartas escritas para as várias firmas falando das coisas que elas deviam mandar para o supermercado, em suma, as comendas...

— Encomendas.

— Que seja, que seja. E falando se o supermercado recebeu as coisas sim ou não na quantidade que o referido supermercado desejava e que...

— Tá bom, entendi. E nos outros dois?

— Dotor, no outro seria que tem o contágio das receitas diárias...

— Contagem.

— Que seja, que seja. Seguido do contágio das receitas semanárias, seguido do contágio das receitas mensárias, seguido do contágio...

— Entendi. E no terceiro?

— No terceiro ícone seria que tem a saída da mercadoria diária, a saída da mercadoria semanária, a saída...

— Tá bom assim. Mais alguma coisa?

— Tem sim, ainda preciso olhar quatro arquívios.

— Então até mais, estou indo para Marinella.

* * *

Bem na porta, deu um encontrão com Augello, que vinha entrando.

— Dá para ficar mais cinco minutos? Preciso falar com o senhor — disse Mimì.

Estava visivelmente nervoso.

— Claro — respondeu o comissário, dando meia-volta e retornando ao escritório.

— Preciso lhe contar que fiquei sabendo por Fazio, assim por acaso, de um pequeno detalhe a respeito de Borsellino.

— Qual?

— Que ele não se suicidou, mas foi estrangulado, e depois fizeram de conta que ele tinha se enforcado.

— Eu não lhe disse? — perguntou Montalbano, sinceramente espantado.

— Não. E eu devia ter sido o primeiro a saber.

— Desculpe, me fugiu.

— Desculpa não adianta.

— Preciso me ajoelhar? Está se sentindo tão ofendido assim?

— Estou sim. Eu disse pra você que tinha ficado chateado com o que aquele merda de jornalista andava dizendo, acusando a gente de ter induzido Borsellino ao suicídio, e ficar sabendo que ele tinha sido assassinado teria sido um alívio para mim.

Montalbano não gostou da atitude de Augello.

— Bom, agora que você sabe, pode dormir feliz e contente.

— Não se faça de engraçadinho, que não é o caso. Quero que você diga isso publicamente.

— Dizer o quê?

— Que Borsellino foi assassinado. Assim eu posso processar o jornalista.

— E perder o processo.

— Por quê?

— Porque em nenhum lugar, entendeu, está dito que Borsellino foi morto.

Mimì ficou embasbacado.

— Mas como é que você ficou sabendo? Fazio me contou que foi Pasquano que disse.

— É verdade. Disse, mas não escreveu. No laudo, quero dizer. Não quis escrever porque diz que as explicações para os hematomas nos braços podem ser interpretadas de modo diferente pela defesa.

— Pasquano não é de ficar preocupado com o que a defesa pode dizer.

— Mas desta vez ficou.

— E por quê?

— Porque todo mundo tem medo da máfia, principalmente quando entra em jogo gente assim poderosa. De qualquer modo, te faço uma proposta.

— Diga lá.

— Não quero cuidar do caso Strangio, estou numa posição muito delicada. Assim que o superintendente puder me receber, vou pedir a ele que deixe a investigação com você.

Dez

De saída, passou de novo por Catarella. Ele estava trabalhando firme no computador de Borsellino.

Um pensamento lhe atravessou a cabeça como um raio.

— Catarè, liga para o Comando da Guarda de Finanças de Montelusa e passa a ligação para a minha sala.

Voltou a se sentar à escrivaninha, e o telefone tocou.

— Aqui é o comissário Montalbano de Vigata. Gostaria de falar com o sargento Laganà.

— Poderia repetir, por favor?

O telefonista parecia um pouco atrapalhado.

— Laganà.

— Um momento.

Ouviu que ele estava conversando com alguém.

— Desculpe, comissário. Sou novo aqui. O sargento Laganà se aposentou faz um ano.

O coração do comissário ficou apertado. Mas ainda havia uma esperança.

— Por acaso vocês têm o número de telefone dele?

— Espere um momentinho, vou me informar.

Pouco depois o comissário recebeu a má notícia.

— Lamento, comissário, mas aqui ninguém...

— Obrigado.

E agora, o que ele faria para encontrar o sargento? Estava lembrado de que uma vez Laganà tinha contado que era de Fiacca, que seu pai lhe havia deixado uma casa de herança... Vai ver que, aposentado, tinha voltado para a cidade natal. Ligou para Catarella, pediu que fosse até lá. Era melhor dizer pessoalmente o que ele devia fazer.

— Às ordens, dotor.

— Catarè, escute direitinho. Você precisa ligar para o comissariado de Fiacca e perguntar se eles sabem se na cidade mora um ex-sargento das Finanças que tem o sobrenome Laganà. Repete.

— Lacanna.

— Mas que cana nem cana! Laganà. Repete.

— Laghianà.

— Tira o *i*.

— Tirei.

— Diz então.

— Laganà.

— Beleza! Mas não esqueça. Se disserem que sim, pede o número de telefone, liga lá e passa pra mim. Entendeu?

— Perfeitamente perfeitíssimo, dotor.

Mas não se mexeu.

— E aí?

— Dotor, posso dizer uma coisa?

— Diga.

— Me permite dizer que, em vez de telefonar para o comissariado e dar toda essa volta, eu posso cortar caminho?

Dava pra cortar caminho?

— Como?

— Olho na lista telefônica de Fiacca pra ver se tem Laganà.

Na hora ele se sentiu humilhado.

— Está bem, faça isso que está dizendo.

É verdade que a lista telefônica é a última coisa que a gente lembra quando está procurando alguém, mas aquela era demais, sinceramente.

Tinha razão o doutor Pasquano, ele estava velho, caindo aos pedaços.

Para o nervosismo passar, foi até a janela e acendeu um cigarro. Aí o telefone tocou.

— Dotor, achei!

— Tem certeza?

— Ponho a mão no fogo! É ele mesmíssimo! O sargento sumido!

— Obrigado. Pode passar. Sargento Laganà? Lembra de mim? O comissário Montalbano.

— E como é que eu podia me esquecer do senhor? Que bela surpresa! Que prazer ouvi-lo! Como vai?

Melhor não responder a essa pergunta porque, naquele momento, com a história da lista telefônica, ele se sentia um bosta.

— E o senhor?

— Vou indo. Precisei pedir aposentadoria antecipada por causa do coração...

— Lamento muito mesmo.

— O senhor me encontrou em casa por puro acaso, sabia? Estou saindo de viagem.

— Ah, é? Para onde?

— Para Ragusa, com minha mulher. Resolvemos ir lá ver os netos.

— Quantos tem?

— Dois. Um menino e uma menina. Está precisando de alguma coisa, comissário? Não estou mais trabalhando, mas posso lhe dar o nome de um colega meu que...

— Sargento, se tiver cinco minutos, talvez a gente possa resolver tudo por telefone.

— Diga o que é.

Montalbano explicou o que havia acontecido com os dois computadores de Borsellino.

— Portanto — resumiu Laganà —, conseguiram pegar o computador que o gerente tinha em casa, mas não conseguiram roubar o do supermercado. É isso?

— É isso.

— E o senhor quer saber por que estavam interessados em ter os dois computadores?

— Exatamente.

— Só há uma explicação possível. Evitar que alguém da polícia tenha a ideia de confrontar os dois computadores.

— Não entendi.

— Vou me explicar melhor. O senhor me disse que o computador do supermercado contém, entre outras coisas, a contabilidade da receita e a quantidade de mercadoria vendida diariamente. Tenho certeza de que, se levar esses arquivos a um colega meu, ele vai dizer que achou tudo regular, que receitas e vendas se correspondem perfeitamente.

— Mas se está tudo regular, então por que... Desculpe, continuo não entendendo.

— Vai entender já já. Se, por acaso, tivesse conseguido pegar o outro computador também, aquele que estava na casa, o senhor mesmo perceberia que ali os valores das receitas e das vendas correspondentes, num mesmo dia, eram diferentes dos registrados no computador do supermercado.

— Entendi! — disse finalmente o comissário. — Os números armazenados no computador de casa eram os verdadeiros, os do computador do escritório eram falsos. Faturavam e vendiam mais do que mostravam no computador, digamos assim, oficial, o que estava no escritório do gerente. Mas tudo isso está destinado a continuar como mera hipótese porque deram um jeito de impossibilitar a comparação entre os dois computadores.

— Viu como entendeu direitinho? Escute, promete uma coisa?

— Tudo o que quiser.

— Se, por acaso, encontrar o outro computador, pode mandar para aquele meu colega? Espere, vou lhe dar o número de telefone. O nome dele é Sclafani. Se minha hipótese se confirmar, esses caras do supermercado vão ter uma bela lição.

De saída, parou na frente de Catarella.

— Esse computador já não tem urgência.

— Mas estou acabando, dotor — disse Catarella, decepcionado.

— Eu não disse que não precisa mais. Só queria avisar que pode ir numa boa.

Nesse momento Augello passou, de cabeça baixa, e murmurou:

— Boa noite.

E se dirigiu para o estacionamento. Montalbano foi atrás e começou a andar ao lado dele.

— Ainda está bronqueado?

— Vai passar.

— Mimì, quando conversamos no meu escritório, eu deixei de dizer que não quero espalhar por aí as suspeitas de Pasquano porque isso é conveniente para nós.

— Em que sentido?

— É importante que os assassinos estejam convencidos de que nós ainda acreditamos no suicídio de Borsellino.

— Acha que, se sentindo seguros, eles vão dar algum passo em falso?

— Não acredito nisso, mas seria até possível. Não, é conveniente porque assim nós podemos trabalhar na direção do homicídio enquanto eles acham que ainda estamos na pista do suicídio. Fui claro?

— Boa sorte — disse Augello, entrando no carro.

— Igualmente — retribuiu o comissário.

E se virou para abrir a porta de seu carro, que estava ao lado do de Mimì.

— Dotor, espera!

Era a voz de Catarella, que chegava correndo.

— Que chatice agora? — perguntou irritado o comissário.

— É que está no telefone o advogado Nullo de Mente que disse que precisa falar urgentivelissimamente com vossinhoria em pessoa pessoalmente. O que eu digo? Está ou não?

Mas será que o destino aquela noite não queria que ele fosse para Marinella?

— Vai dizer que estou.

Catarella voltou correndo, mas ele, ao contrário, não se apressou, acendeu um cigarro, acabou de fumar passeando pelo estacionamento e passou de volta pela frente de Catarella, que estava plantado com o fone na mão.

— Conta até dez e depois me põe na linha.

Entrou na sua sala, sentou, o telefone tocou.

— Pode dizer, advogado.

— Desculpe se o importuno a esta hora, o telefonista me disse que o senhor estava indo para casa.

— Não se preocupe, pode dizer.

— É sobre o meu cliente, Strangio.

— Algum problema?

— Mais de um, infelizmente. Veja, depois do depoimento que meu cliente fez ao doutor Tommaseo, ao qual, infelizmente, não pude assistir, tudo parou inexplicavelmente.

Montalbano esperava um terceiro e conclusivo infelizmente, que infelizmente não chegou.

— Inexplicavelmente? Não estou entendendo, advogado. Entre outras coisas, parece que o doutor Tommaseo não tomou nenhuma providência restritiva em relação ao seu cliente.

— Bom, depende do significado que se dá ao adjetivo restritivo. Se com restritivo o senhor entender uma prisão temporária ou preventiva, isso não aconteceu. Era só o que faltava! Meu cliente tem um álibi de aço!

De ferro, é? De papel de seda, isso sim, é o álibi do seu cliente!, pensou Montalbano.

Mas não disse nada, só perguntou:

— Então, onde estão os problemas?

— Os problemas são que o doutor Tommaseo proibiu terminantemente meu cliente de sair de Vigata e lacrou a casa e a garagem.

— Mas isso, e o senhor, que é advogado, deveria saber muito bem, é uma medida administrativa ordinária.

— Concordo. Mas o senhor esquece, como o doutor Tommaseo também esqueceu, que o meu cliente é representante de uma empresa romana e, portanto, tem necessidade de viajar continuamente e com liberdade por toda a Sicília. Além do mais, ele não pode nem usar o carro, que está trancado na garagem.

— Entendo. Mas não sei de que modo eu...

— Poderia pelo menos intimá-lo a comparecer no comissariado para permitir que ele esclareça melhor sua posição. Assim o tempo desse seu calvário seria mais curto e...

— Advogado, interrogá-lo não compete a mim, mas ao doutor Tommaseo. É a ele que deve ser feita a solicitação. Fui claro?

— Claríssimo — disse rispidamente o advogado. — Boa noite.

E finalmente ele pôde partir para Marinella.

Na geladeira, Adelina tinha deixado um prato imenso de salada de frutos do mar e, dentro do forno, alguns rolinhos de peixe-espada.

Aprontou a mesa na varanda, a noite estava uma belezura, levou uma hora e meia para traçar tudo.

Tirou a mesa, voltou para a varanda com cigarros e uísque e começou a pensar.

O que significaria o telefonema de Manenti?

Queriam mesmo que ele cometesse a solene besteira de interrogar Strangio, quem sabe sem a presença de um advogado? E sem a de Tommaseo?

Todo mundo sabia que ele era useiro e vezeiro em fazer isso, que pouco se lixava para regras e normas, mas desta vez não era o caso. Desta vez, as ideias geniais, as iniciativas pessoais podiam acabar em grande prejuízo para a investigação.

Não, respeitaria as regras nos mínimos detalhes.

Depois o pensamento foi para a história dos computadores. Se naquela noite a sorte tivesse ajudado os dois, Fazio e ele, de modo que estivessem de posse dos dois computadores, a essa hora a Polícia Financeira poderia ter tomado providências contra o deputado Mongibello e o conselho de administração da empresa proprietária do supermercado.

Mas nada tinha sido desse jeito, infelizmente, como costumava dizer o advogado Manenti. A busca noturna na casa e no escritório de Borsellino fora definitivamente inútil e...

Aí ficou paralisado.

Teve a exata impressão de que em sua barriga todo o aparelho digestivo parou de repente.

Encheu meio copo de uísque e bebeu tudo de um gole.

Estava ensopado de suor. Mas como é que tinha se esquecido completamente daquilo?

Coisa que andava acontecendo demais nos últimos tempos.

Será que precisava de outras provas para se convencer de que tinha ficado velho demais para aquela profissão?

Lembrava perfeitamente que Fazio tinha pegado aquela espécie de gravador do bolsinho do paletó de Borsellino e ele tinha enfiado no bolsinho do seu.

Depois, de volta a Marinella, havia tirado a roupa enfarinhada de sabão em pó e posto no cesto de roupa para lavar.

Agora a pergunta era: será que Adelina tinha percebido o gravador no bolsinho e retirado antes de levar o paletó para a lavanderia?

Se a resposta fosse sim, onde teria posto o gravador?

Levantou, começou a procurar pela casa na maior aflição, jogando tudo para o ar. Depois de uma meia hora, desistiu.

Já lhe havia ocorrido uma distração desse tipo com uma ferradura, e por um triz ele não perdeu a vida. Mas uma coisa é uma ferradura e outra coisa é um gravador.

Se o pessoal da lavanderia tivesse enfiado o paletó na máquina de lavar sem perceber o gravador, adeus gravação!

A única solução era ligar para Adelina. Olhou o relógio. Onze. Vai ver que já havia ido deitar. Paciência.

— Santa Maria, dotor! Que foi? Tava dormindo!

— Desculpe, Adelì, mas é uma coisa muito importante.

— Me diga.

— Você percebeu que tinha uma coisa no bolsinho do paletó que você levou pra lavar?

— Por quê? Tinha uma coisa?

— Tinha.

— Não percebi porque não procurei, já que vossenhoria não costuma guardar nada no bolsinho do paletó.

E era verdade.

— Escuta, você tem o número do telefone da lavanderia?

— Tenho não.

— Quando foi que te disseram que você podia ir buscar a roupa?

— Depois de amanhã.

Um fio de esperança, quem sabe.

— A esta hora deve estar fechada, né?

— Ah, sim. Mas espera um pouco. Tou pensando. Se for uma coisa importante...

— É importante, Adelì.

— Então vou dar o endereço da lavanderia.

— Mas você disse que está fechada!

— Mas o dono, o seu Anselmo, mora em cima da lavanderia. O endereço é praça Libertà 8. Fica bem do lado do cinema.

Montalbano se vestiu, partiu para Vigata e, como as ruas estavam quase vazias, ele se arriscou a andar dez quilômetros por hora além dos cinquenta obrigatórios.

Chegou, parou, desceu. Ao lado da lavanderia havia um portãozinho sem interfone, mas com uma campainha onde se lia: Anselmo.

Antes de tocar, deu dois passos para trás e olhou para cima. Da sacada do primeiro andar brotava luz.

Tocou. Quase na mesma hora a porta da sacada se abriu e apareceu um homem de uns cinquenta anos, bigodudo, vestindo camiseta e calça de pijama.

A praça era bem iluminada, e seu Anselmo logo reconheceu Montalbano.

— Doutor! Que foi?

— Seu Anselmo, me perdoe o incômodo, mas preciso que o senhor me abra a lavanderia.

— Já vou.

Devia existir uma escada interna. Pouco tempo depois, a porta da lavanderia se abriu.

— Fique à vontade. Me diga.

— Seu Anselmo, trouxeram aqui um terno meu que...

— Já foi lavado. Amanhã vai pro ferro.

Montalbano se sentiu perdido.

— O fato é que dentro do bolsinho do paletó havia...

— Doutor, tudo é examinado direitinho antes de entrar nas máquinas. Venha comigo.

Foi para trás do grande balcão que dividia em dois o aposento, abriu uma gaveta. Dentro havia óculos, canetas esferográficas, carteiras de habilitação, cartões, celulares...

— É isto — disse o comissário aliviado, indicando o gravador.

Tinha vontade de dar um beijo no seu Anselmo.

Como de costume, abrindo a porta ouviu o toque do telefone. Que parou assim que ele conseguiu botar a mão no fone.

Como tinha a intenção de usar o mesmo terno no dia seguinte, quando tirou a roupa deixou o gravador no bolsinho.

Não tinha sono. Ligou a tevê. Apareceu a cara de cu de galinha de Pippo Ragonese.

É isso o que nos perguntamos. Onde foi parar aquele sujeito rápido como um relâmpago, que era o comissário Montalbano nos velhos tempos? Agora parece ter virado o extremo oposto. Agora faz muito corpo mole. Não deu um passo na investigação do roubo ao supermercado com o consequente e provocado suicídio do gerente Borsellino. E, em relação ao atroz assassinato da estudante Carlesimo, crime que comoveu a opinião pública não só de Vigata, ele não move uma palha. Sabe-se que o namorado da moça, Giovanni Strangio, foi proibido de sair de Vigata. Depois disso, nada. O coitado do Strangio está suspenso no limbo, impossibilitado de...

Desligou.

Muito bem, Ragonese! Mas a quantos patrões servia? Ao deputado Mongibello e ao governador da Província ao mesmo tempo? E isso se chamava jornalismo? A única coisa que Ragonese fazia era dizer o que mandavam. Devia ser bem pago.

Depois lembrou que, poucos dias antes, alguém de um canal da tevê paga, que não tinha medo de enfrentar a máfia, havia sido denunciado por trabalhar como jornalista sem estar inscrito no sindicato dos jornalistas.

Hoje, para combater a máfia, é preciso ter autorização da própria máfia, pensou.

Esse mundo está pelo avesso!

Foi se sentar na varanda para o nervosismo passar. Mas nem cinco minutos depois o telefone tocou.

Onze

Era Livia.

— Mas como é que você nunca está em casa quando eu ligo?

— E eu não estou atendendo?

— Não, quando liguei antes.

— Livia, posso lhe fazer uma pergunta?

— Faça.

— Como é que você me telefona exatamente quando não estou em casa?

— Mas como você é bom nisso de inverter o sentido das palavras dos outros! Não gostaria de cair nas tuas mãos!

— Já caiu várias vezes e, pelo que me parece, extraindo certo prazer.

— Não estava me referindo a isso. Queria dizer nas tuas mãos como pessoa suspeita de algum crime.

— Livia, você sabe quase tudo a meu respeito.

— Quase? O que é que eu não sei?

— Por exemplo, como conduzo um interrogatório. Dizer que nesses casos eu inverto o sentido das palavras dos outros representa uma ofensa para mim. Sou muito leal.

Era pura mentira. Quantas arapucas tinha armado em sua carreira? Uma infinidade.

— Vou fazer de conta que acredito — disse Livia.

E depois perguntou:

— Você está cuidando do caso daquela estudante assassinada a facadas, coitadinha?

— Como ficou sabendo?

— Vi no noticiário da tevê e também está no jornal.

— Sim, estou cuidando.

— Cuidado, hein?

— Com quê?

— Para não ir desconfiando do namorado de uma vez. Hoje está na moda. É só matarem uma moça, logo põem o namorado na história.

— Não sigo modas, você sabe — respondeu, ressabiado.

Depois teve a ideia de se vingar.

— Só por curiosidade: por acaso você recebeu algum telefonema do advogado Nullo Manenti?

— Não. Quem é esse?

— O advogado do namorado.

— Que besteiras você está dizendo?

— Você se deixou corromper por ele para me convencer de que Strangio é inocente?

— Seu sacana! — disse Livia, com raiva.

E desligou.

E ele foi se deitar. Tinha desabafado, agora podia pegar no sono.

A primeira coisa que fez assim que entrou no comissariado foi parar na frente de Catarella, pegar o gravador e mostrar a ele.

— Catarè, na sua opinião, o que é isto?

Catarella não hesitou um segundo.

— Dotor, isto se trata que é um gravador digitálio.

— E isso quer dizer?

— Seria como dizer que seria um mepetrêis amodificado.

— E o que é um MP3 modificado?

— Um amodificado mepetrêis, dotor.

Melhor ir por outro caminho, senão iam passar a manhã inteira empacados na mesma pergunta e na mesma resposta.

— E pra que serve?

— Pra tanta coisa, dotor. Prexemplo, pode ser um gravador que a gente conecta no computador e...

— Mas é obrigatório ficar ouvindo no computador ou se pode fazer uma cópia impressa do que está gravado?

— Certissimamente certo, dotor.

— Então ouve o que tem aí e faz uma cópia.

— De tudo?

— De tudo. De quanto tempo precisa?

— Dotor, sei dizer, não.

— Por quê?

— Por causa que tudo depende de segundo o que o mepetrêis tem dentro. Um mepetrêis pode ter a divina quamédia, os quódigos civil e penal, a história do univesso criado, o evangelho, a bíblia, todas as canções de Di Caprio...

— O Di Caprio canta?

— Se canta, doutor! Faz anos que canta e recanta! Mas como, não se alembra daquela música que fala *una voce, una chitarra* e...

— Mas esse aí é Peppino di Capri!

— E o que foi que eu disse? Não disse Di Caprio?

Melhor deixar quieto.

— O Fazio está aí?

— Está não, dotor.

* * *

Fazio voltou lá pelas onze.

— Perdi uma manhã inteira! Tommaseo tinha uma reunião e não pôde me receber. Mas fiquei esperando na frente da porta e, quando ele saiu para o banheiro, eu disse que precisava de qualquer jeito da autorização para entrar na casa de Stranzio.

— E ele deu?

— Deu, mas por voz, não tinha tempo de escrever. Prometeu que vai mandar a autorização hoje à tarde.

Fazio saiu e o telefone tocou.

— Ah, dotor! Acontece que é que está na linha um senhor o qual que se chama Lopollo o qual que diz que queria falar imediatissimamente com vossinhoria em pessoa pessoalmente.

— E o que ele quer?

— Não disse. Mas fala de um jeito que não se entende.

— Estrangeiro?

— Não senhor.

— Então por que não se entende?

— Sofre de garaguera.

E o que era garaguera? Gagueira?

Com Catarella, melhor não fazer pedidos perigosos de explicação.

— Está bom, pode passar. Pronto? Aqui é Montalbano. Pode falar, senhor Lopollo.

— Me cha...a... mo Lee... opo-pò... ldo-do.

Era só se distrair um pouco e repetia as bobagens que o Catarella dizia.

— Desculpe, senhor Leopoldo. Diga.

— A... a... chei um... mo-mo... r... to-to.

— Onde?

— Na... zo-zo... na... ru-ru ral. Fre... Fre... gue... e... sia... Bo... Bo... rr... uso.

— Onde exatamente?

— Na-na... á... ca-ca... sa-sa... ve-ve... rde... d... do... la-la... do... es-es... s... quer... do-do.

Era um sofrimento.

— Es... ta-ta... mos in... do-do — respondeu Montalbano.

Não tinha jeito, era só ouvir alguém falar gaguejando que ele logo ficava contagiado.

Levantou da cadeira e foi para a sala de Fazio.

— O que aconteceu?

— Um tal de Leopoldo telefonou. Diz que numa casa verde na Freguesia Borruso ele achou um morto. Quer apostar que é Tumminello?

— Não vou apostar, porque acho a mesma coisa.

— Você sabe onde fica essa freguesia?

— O sujeito que telefonou era gago?

— Era.

— Então sei quem é. Filippo Leopoldo. E também sei onde é essa sua casa na zona rural.

— Longe?

— Na casa do chapéu.

— Chama o Gallo e vamos.

— Gallo saiu com o doutor Augello.

— Então vamos nós dois com o meu carro, mas você dirige.

À Freguesia Borruso se chegava por uma estradinha ruim, cheia de buracos e murundus.

Fazia quinze minutos que a vegetação tinha começado a ficar cada vez mais rala e agora à direita e à esquerda só se via terra abrasada, com manchas amarelas de erva daninha, morta de aridez.

Montinhos de pedras brancas, que pareciam ossos empilhados, de vez em quando formavam pirâmides nanicas, reinos de cobras e lebres.

O movimento do carro fazia Montalbano se chocar ora contra Fazio, ora contra a porta direita e, vira e mexe, sofria alguma tentativa de estrangulamento pelo cinto de segurança, que não funcionava bem.

— Mas quanto falta ainda?

— Depois da curva, chegamos.

Depois da curva, de fato, não só viram a casa verde como também um homem passeando na frente dela.

— Aquele é o Leopoldo — disse Fazio.

— Me faz um favor, fala você com ele.

— Por quê?

— Estou me sentindo meio rouco.

Que estava rouco era mentira, mas como poderia falar com Leopoldo se começava a gaguejar também?

— Bo-bo... mmm... di-di... aa... — cumprimentou Leopoldo assim que eles desceram do carro.

Montalbano respondeu com um vago aceno de mão.

A casa verde era feita de dois aposentos em forma de dados sobrepostos e por um terceiro dado mais escondido à direita.

O comissário ficou olhando em volta para a paisagem desolada, se perguntando por qual misteriosa razão um homem construía uma casa naquele lugar esquecido por Deus. Só mesmo tendo vocação para eremita.

— Doutor, por aqui — chamou Fazio, se dirigindo para o terceiro dado, que era um estábulo sem animais nem porta.

Entraram, Leopoldo foi para a casa.

O cadáver estava deitado de lado, em cima de um pouco de palha, igualzinho como se estivesse dormindo, a não ser pelo sangue que tinha colorido a palha.

Não era fácil identificar. Fazia calor, e dava para perceber que aquele coitado havia sido morto uns dias antes. Ainda por cima, o furo de saída de um projétil tinha lhe devastado a cara.

— Parece que é ele — disse Fazio.

Tirou do bolso a fotografia que o comissário dera.

— Dá uma olhada.

Vencendo a náusea, o comissário se acocorou, ficou olhando bastante tempo o que tinha sobrado da cara. Depois se levantou.

— Parece ele. Mas não tenho certeza. Foi obrigado a se ajoelhar e levou um tiro na nuca. Carimbo da máfia. Vamos pra fora.

Apesar da abertura da porta, lá dentro o ar era irrespirável.

— Leopoldo disse como descobriu?

— Disse, sim. Queria pôr uma porta nova no estábulo, porque a velha, que estava quebrada, ele tinha usado como lenha, então veio aqui tirar as medidas.

Saíram. Respiraram fundo o ar puro.

— Vamos fazer o seguinte. Você chama todo o circo, promotor público, perícia e Pasquano. Depois telefona para o Gallo e, se ele tiver voltado para o comissariado, diga pra vir aqui me pegar. Não tenho nada que fazer aqui.

Enquanto Fazio telefonava, Leopoldo saiu da casa e se aproximou.

Disse alguma coisa e Fazio serviu de intérprete.

— Leopoldo está dizendo que está na hora de comer e pergunta se estamos servidos. Diz que fez coelho à caçadora e que ninguém no mundo faz esse prato como ele. Eu disse que não quero, mas se vossenhoria quiser...

Há quanto tempo não comia coelho à caçadora?

Era um prato que não fazia parte do menu de Enzo, e Adelina não se dava bem com carne de caça.

De repente lhe deu uma saudade incontrolável.

Leopoldo atiçou.

— Ve-vem... a... qui-qui... den-den... tro es... tá lim... m... po...

— Não-não... du-du... vi-vi... do-do.

Leopoldo primeiro enrugou a testa, achando que o comissário estava gozando da cara dele, depois, pela expressão confusa de Montalbano, concluiu que ele também era gago.

— E... En... tão-ão?

— A-cei... cei... to o-o... bri... ga-ga... do.

E, enquanto Leopoldo entrava na casa, Montalbano pediu a Fazio:

— Se-se... por aca-caso os ou-ou... tros che... ga-ga... rem, não di-di... ga a nin-nin... guém que es... tou-tou... aqui, se-se... per-pergun... ta-ta... rem, re... spon-spon... de que vol-vol... tei pr-pro co-co... mi-mi... ssariado.

Fazio ficou olhando para ele fascinado.

— Não entendi nada, Doutor. Está se sentindo bem?

Montalbano tirou um papel do bolso e escreveu:

— Quando os outros chegarem, não diga que estou aqui. Não precisa telefonar ao Gallo para vir me pegar.

Mostrou o papel para Fazio ler, depois o pôs num bolso e seguiu Leopoldo.

Não foi só um estupendo coelho à caçadora, mas também um prato de espaguete *al sugo*, um *pecorino* curado, um salame genuíno, um ótimo vinho encorpado, coisas que deixaram o comissário maravilhado.

Fazio veio chamar Leopoldo para prestar seu depoimento a Tommaseo.

Montalbano continuou comendo.

Além disso, Leopoldo era um comensal perfeito: falar dava muito trabalho, portanto ele comia em silêncio. Montalbano e ele se entendiam por olhares. Depois de umas duas horas, Fazio entrou.

— Foi todo mundo embora. A perícia percebeu que a carteira estava com ele e olhou. A carteira de identidade estava lá dentro. É Tumminello mesmo.

Olhou o prato do comissário.

— Sobrou alguma coisa pra mim?

E foi assim que, para fazer companhia a Fazio, Montalbano comeu uma segunda porção de coelho à caçadora.

O caminho de volta foi uma verdadeira via-crúcis.

A cada solavanco, o coelho subia de volta até a boca de Montalbano, como se o bicho, ressuscitado, quisesse voltar correndo para a pirâmide de pedras de onde um dia havia saído descuidado para receber um tiro de Leopoldo.

No meio do caminho, Fazio recebeu uma comunicação agitada de Catarella, contando de um telefonema do senhor e subrintendente que queria falar urgentissimamente urgentível com o dotor Montalbano.

— O que eu digo?

Aquilo não era hora de atender o senhor e subrintendente, com o coelho prestes a sair pela boca.

— Que estou em local indeterminável.

Como Deus quis, finalmente chegaram à cidade.

— Onde quer ficar?

— Perto do porto.

Antes de descer do carro, perguntou a Fazio:

— Quando vai à casa da mulher de Tumminello?

— Agora mesmo.

Começou a sentir menos peso no estômago depois de percorrer o cais indo e vindo duas vezes.

Mas, antes de ir para o comissariado, sentiu que precisava beber um café forte duplo.

— Ah dotor! Ah dotor, dotor! — lamentou-se Catarella quando o viu chegar. — Quem telefonou foi o senhor e...

— Estou sabendo. Fazio me disse.

Catarella arregalou os olhos.

— Então não era verdade que vossinhoria estava em local interminável! Ainda bem! Graças a Deus! Fiquei com medo!

— Por quê?

— Sei lá! Acho que fiquei impressionado com a palavra.

— Qual?

— Interminável.

— Indeterminável, Catarè.

— E o que foi que eu disse? Não disse interminável?

Melhor continuar deixando pra lá.

— Escute, o que achou do superintendente?

— Dotor, eu não vi ele em pessoa pessoalmente! Só a voz dele eu ouvi!

— Está bem, mas ele parecia zangado?

— Não senhor, parecia esquisito.

— Como assim?

— Quase como se estava dormindo um pouquinho.

Será possível que os quatro calmantes ainda estavam fazendo efeito?

— Liga logo.

— Sim senhor. Mas queria dizer uma coisa. Imprimi tudo o que tinha no computador.

— Ótimo. Guarde tudo na sua gaveta. E com o MP3, em que ponto está?

— Vou começar a trabalhar agora. Ligo para o senhor e subrintendente?

— Está bem, ligue.

— Às ordens, senhor superintendente! Aqui é Montalbano.

— Ah, sim, bom dia. Por que ligou?

Dormindo, imagine! O senhor e subrintendente parecia estar bom da cabeça.

— Senhor superintendente, foi o senhor que telefonou no começo da tarde quando eu estava...

— Ah, sim. Liguei porque o doutor Lattes me informou que o senhor tem urgência em falar comigo.

— Isso mesmo, doutor.

— Se quiser vir agora...

— Daqui a meia hora estarei aí, obrigado.

Não parecia mesmo o Bonetti-Alderighi de costume. Estava completamente mudado, o tom da voz era de uma gentileza nunca ouvida.

Na antessala do superintendente, ele estava sendo esperado pelo doutor Lattes.

— Está ao telefone. Dois minutos de paciência.

— Como está?

Ele se referia ao superintendente, mas Lattes entendeu mal.

— Eu? Bem, graças a Nossa Senhora. E o senhor?

— Também, sempre agradecendo à mesma senhora. E ele, como está?

Lattes pareceu um pouquinho sem jeito.

— Não sei o que dizer. Aconteceu uma espécie de transformação.

Para melhor ou para pior? — gostaria de perguntar. Mas não perguntou.

Lattes se aproximou da porta do superintendente, abriu com cuidado, como se do lado de lá estivesse um franco-atirador pronto para disparar, enfiou a cabeça para espiar dentro da sala, tirou-a de volta e se virou para Montalbano.

— Pode entrar.

O comissário entrou e Lattes fechou a porta atrás dele.

O senhor e subrintendente Bonetti-Alderighi, do ponto de vista exterior, tinha voltado a ser o de sempre, arrumado e impecável.

Estava sentado como de costume, com o tronco empertigado, os braços apoiados na escrivaninha, a cabeça ligeiramente inclinada para trás de um modo que fazia o queixo se projetar para a frente, olhos fixos no interlocutor.

Só que agora o olhar daquelas pupilas não se dirigia a Montalbano, mas estava orientado para a direita, onde ficava a janela.

— Sente-se.

Em geral, ele deixava Montalbano em pé. Quando este se sentava, era por iniciativa própria, não por convite dele.

Antes que o comissário pudesse abrir boca, Bonetti-Alderighi disse:

— Em primeiro lugar, peço desculpas.

Nunca tinha ouvido o superintendente pedir desculpas a ninguém. Não conseguiu falar, ficou de boca aberta.

— Peço desculpas pela cena realmente ignóbil que o obriguei a assistir no outro dia. Eu estava fora de mim, acredite. Peço que esqueça.

Esse novo Bonetti-Alderighi intrigava.

— Já esqueci, senhor superintendente.

Bonetti-Alderighi virou o olhar da direita para a esquerda, ou seja, para a parede onde uma tapeçaria representava uma cena das Vésperas Sicilianas.

— Obrigado. E agora me diga.

Doze

Estava para abrir a boca, o superintendente levantou uma das mãos para interromper, mas olhando para a ponta da esferográfica que segurava na outra.

— Desculpe, mas me parece indispensável fazer um preâmbulo. Nem preciso lembrar que as duas investigações que o senhor tem em mãos (eu me refiro à do roubo do supermercado, que provocou o suicídio do gerente, e a do assassinato da namorada do filho do governador da Província) são investigações destinadas a se chocar com resistências e represálias políticas. Já tivemos as primeiras manifestações da parte do deputado Mongibello. Ora, eu sei que o senhor é useiro e vezeiro em não me pôr a par de todo o leque de investigações. Em suma, como dizem vocês, sicilianos, fico sabendo da missa a metade. Deve ter suas razões, e este não é o momento de falar sobre isso. Mas agora eu lhe peço que me conte a missa inteira. No seu interesse e no meu, caro Montalbano. Estamos no mesmo barco, percebe? Por isso, precisamos remar em harmonia para nos afastarmos de um turbilhão que pode acabar sendo fatal para nós dois. Fui claro? Pode começar.

Parou de examinar a ponta da esferográfica, começou a olhar o lustre artístico que pendia do teto.

Tinha sido claríssimo, não pelo que tinha dito, mas pelo que não tinha dito. Na verdade, nem uma vez, naquela conversa toda, tinha conseguido falar olho no olho.

E pensar que um dia ele havia segredado que costumava olhar para o interlocutor porque, só de observar o olhar, era capaz de entender antecipadamente o que o outro diria.

Como é que agora tinha evitado olhar? Montalbano começou.

— Então, em perfeita consonância com seu preâmbulo, digo desde logo que o gerente Borsellino foi assassinado.

O superintendente teve um ligeiro sobressalto, mas continuou olhando para o lustre. Então Montalbano entendeu que havia acertado. Agora tinha dois caminhos à frente: ou contar tudo ou dizer da missa a metade, como de costume. Na mesma hora, resolveu contar tudo, começando do que Pasquano dissera. Se tinha cometido um erro, procuraria corrigir.

— Foi o doutor Pasquano que... — começou.

Só contou uma mentira: que, para entrar de noite na casa de Borsellino e no supermercado, teve autorização do promotor público; de qualquer jeito, o outro nunca iria verificar.

— Infelizmente não temos prova nenhuma nas mãos — concluiu Bonetti-Alderighi, olhando para a mão esquerda.

— É. Mas amanhã de manhã o senhor vai receber o relatório sobre outro crime estreitamente ligado ao roubo do supermercado. Um guarda noturno que, por azar, estava passando pela frente do supermercado quando não devia.

— Conte como foi — pediu o superintendente, olhando para uma lula valiosa, que ficava em cima da escrivaninha, presente do procurador provincial. — Mas o senhor ainda não sabe quem matou o guarda — disse no fim o superintendente, olhando para a mão direita. — E, quando descobrir, as reações de quem está por trás de toda a história a tenderão a nos destruir.

Suspirou, pegando uma espátula para abrir correspondências examinando seu cabo.

— E, infelizmente, acho que vão conseguir.

Outro suspiro. Virou a espátula, começou a examinar a ponta.

— E, quanto mais avançarmos nas investigações, maior será o risco.

— Quer que a gente pare? Ou, pelo menos, que comece a desviar o foco das investigações? — perguntou o comissário.

Nem com uma pergunta dessas Bonetti-Alderighi olhou para ele. Então Montalbano decidiu forçar a barra. Mas até onde podia pressionar? Convinha arriscar ou não? No entanto, se não arriscasse, não iria conseguir a confirmação exata da ideia que tinha sobre as verdadeiras intenções do superintendente. Arriscou. Começou a rir.

— Está achando a situação engraçada?

Fez a pergunta olhando para um botão do paletó.

— Não, não, pelo contrário. É que eu me lembrei de uma coisa que li num romance... Passa-se na França. Um comissário, investigando o roubo cometido em casa da filha de um alto funcionário do Ministério, descobre que foi o próprio pai dela que encomendou o roubo. Mas não das joias, porque estas foram roubadas para encobrir, e sim de uma carta do pai, bastante comprometedora, que a moça usava para chantageá-lo. Assim que o funcionário percebe que o comissário está no caminho certo, ameaça acabar com a carreira dele. Então o comissário põe a culpa do roubo num ladrãozinho qualquer e...

— Com licença — interrompeu o superintendente olhando para a janela. — Mas o ladrãozinho deve ter se defendido, não?

— Não lhe dão essa oportunidade. Dão um jeito de matá--lo num tiroteio.

— Ah! — exclamou Bonetti-Alderighi agora olhando para o lustre.

Houve uma pausa prolongada.

— Ainda tem esse romance?

— Acho que sim.

— Se encontrar, me empresta?

— Claro.

— Fale agora do assassinato da moça — retomou o superintendente.

E Montalbano falou demoradamente de suas dúvidas, de sua incompatibilidade com aquela investigação.

Não seria melhor, concluiu, que o caso fosse entregue ao doutor Augello?

— O senhor e Augello são a mesma coisa — disse o superintendente, olhando uma mancha na madeira da escrivaninha. — Todos sabem da grande influência que o senhor exerce sobre o seu subalterno.

Balançou negativamente a cabeça.

— Não, a investigação deve ficar nas suas mãos. Dar a outro seria o mesmo que admitir culpa *a priori*. O senhor vá em frente e aja com a lealdade e a honestidade que sempre o distinguiram.

Mas uns tempos atrás o senhor e subrintendente não tinha dito que o comissariado de Vigata era um bando de camorristas, e que ele era o chefe?

O superintendente se levantou. Montalbano também.

— Peço-lhe que dê prioridade à investigação do assassinato da moça, assim não damos ensejo a suposições malévolas. E me mantenha sempre informado de tudo — pediu, olhando fixo para a lapela do paletó do comissário.

Depois estendeu a mão. O comissário a apertou.

— Não tenha dúvidas, senhor superintendente. E obrigado pelas belas palavras a meu respeito.

Tinha ficado tarde, àquela hora todo mundo já teria saído do comissariado, a melhor coisa era ir diretamente para Marinella.

Sem perceber, havia passado mais de duas horas com o superintendente, falando quase o tempo todo. Tinha contado tudo, confiando até as suposições, as hipóteses. Bonetti-Alderighi havia pedido e recebido confiança total.

Estamos no mesmo barco, foi o que disse.

Acontece que (e isso Montalbano tinha entendido pelo comportamento do superintendente com menos de dois minutos de conversa) Bonetti-Alderighi estava disposto a lhe dar um empurrão do barco na primeira oportunidade, para ele ir cair no meio dos tubarões.

Aquele homem era capaz de tudo para tirar o cu da reta. Era só ver como tinha mordido a isca do romance francês que ele inventara na hora. Queria o romance emprestado para ver se aquela situação podia ser aplicada ao caso do supermercado!

Agora ele precisava tomar cuidado com Bonetti-Alderighi também.

Mas ter entendido o que andava pela cabeça do superintendente já era grande coisa. Porque ele tinha certeza de ter conquistado a confiança interesseira do superior, por isso poderia lhe contar qualquer coisa, e ele iria engolir.

Chegando a Marinella, a primeira coisa que fez foi ligar para o celular de Augello.

— O que o superintendente disse? — perguntou logo Mimì.

— Recusou terminantemente a minha proposta de você cuidar do assassinato da moça. Quer que seja eu. E para você talvez seja melhor assim.

— O que significa ser melhor para mim? — indagou Mimì, de mau humor.

— Amanhã explico. Telefonei pra dizer que amanhã de manhã, assim que chegar ao comissariado, você precisa intimar Strangio e o advogado dele para as cinco da tarde.

Desligou e percebeu que estava sem apetite. Não tinha digerido bem a porção dupla de coelho à caçadora.

Mas também não tinha vontade de ficar ruminando as palavras do superintendente.

Abriu a porta-balcão, um ventinho fresco entrou, e ele adorou.

Sentou na poltrona, ligou a tevê e reviu *Era uma vez na América*.

Aí veio o telefonema de Livia.

— Tem uma meia horinha para mim ou está morrendo de sono? — perguntou a ela.

— Até mais de meia horinha. O que você quer me dizer?

— É uma longa história.

Era sempre bom ter a confirmação da intuição feminina.

Contou tudo, o roubo do supermercado, o falso suicídio, a primeira reação de pavor do superintendente, o assassinato da moça, suas dúvidas, o novo encontro com Bonetti-Alderighi.

— O que você acha disso? — perguntou no fim.

— Na minha opinião, o senhor Bonetti-Alderighi lhe deu carta branca porque, se tudo correr mal, quem vai pagar o pato é você. Está te paparicando para te transformar num ótimo bode expiatório — respondeu Livia sem a menor hesitação.

— Concordo — disse Montalbano.

— O que você está pensando em fazer?

— Ir em frente.

— Escute aqui, por que você não faz de conta que está dodói e vem passar um tempo aqui comigo?

— Livia, você devia me conhecer. Essa situação criada até que me estimula... e tem mais: me diverte.

— Boa sorte — disse Livia.

A primeira parte da noite ele passou se revirando na cama. Às cinco da manhã pegou no sono e dormiu direto até as nove. Foi acordado pela zoada que a empregada fazia na cozinha.

— Adelì, me traz o café.

— Já vou, dotor.

Ah, que maravilha, que consolo tomar o café na cama!

Até o teto do quarto parecia se colorir de um azul celeste clarinho, clarinho.

Depois se levantou, fez a higiene, se vestiu, foi para a cozinha.

— Você me faria outro café?

— Está coando, dotor.

— O que você vai fazer pra janta?

— Trilha com cebolada.

No fim, somando tudo, a vida não era tão desagradável assim, pensou, esquecendo na hora seus problemas de digestão.

Entrou no comissariado e logo deparou com Catarella exultante.

— Dotor, acabei o trabalho com o mipitrêis.

— Tinha muita coisa?

— Não senhor. Quatro conversas com gente do supermercado, depois a conversa com ele que seria que era o gerente com o dotor Augello e depois a conversa dele com vossinhoria que seria o senhor com ele o gerente.

— Caralho! — urrou feito um lobo o comissário.

Catarella se apavorou.

— O que o senhor falou, dotor? Que foi que eu fiz de errado? Qual foi o erro que me aconteceu?

Que erro que nada!

— Catarè, vem cá!

Catarella deu um passo se esquivando, como se esperasse que Montalbano lhe desse uma surra.

O comissário, em vez disso, lhe deu um abraço.

— Muito bem! Ótimo!

Catarella enxugou uma lágrima com a manga do paletó. Lágrima de felicidade.

— Santa Maria! Me abraçou duas vezes essa semana!

— Onde você pôs as folhas com as transcrições?

— Em cima da sua mesa.

Montalbano saiu correndo.

Catarella tinha sido mais que ótimo.

Tinha até dado um título a cada diálogo gravado: "Conversa com Micheli"; "Conversa com a moça Nunzia"; "Conversa com o fornecedor Gesumundo" (que decerto se chamava Gesmundo); "Conversa com alguém que não se entende" e por fim "Conversa com o dotor Augello e com o dotor Montalbano".

O comissário começou logo pela penúltima, que era a única que lhe interessava.

Enquanto lia, ia ficando claríssimo o comportamento mais que correto de Mimì Augello, que nunca tinha caído na tentação de fazer uma observação maldosa, uma insinuação sobre o provável autor do roubo, nem a menor ironia.

Depois chegava à pergunta de Mimì:

— Tem alguma ideia de como o ladrão conseguiu entrar, se nas portas da rua não se encontra nenhum vestígio de arrombamento?

A resposta de Borsellino foi não só incoerente, como também gritada e súbita:

— Quero o meu advogado!

— Mas, senhor Borsellino, ninguém está acusando o senhor de...

— Quero o meu advogado!

— Senhor Borsellino, olhe...

— Então quero falar com o comissário Montalbano!

— Mas é que o comissário...

— Quero falar com ele!

— Então ligue pra ele.

Seguiam os dois telefonemas para o comissariado e depois Borsellino concluía dizendo para Augello:

— Aviso que não vou dizer mais nenhuma palavra até a chegada do comissário.

— Como quiser.

Aqui Catarella tinha escrito uma didascália genial:

"Na silenciosidade da sala se ouve o dotor Augello assobiando de vez em quando uma musiquinha que eu acho que é de Cillintano, mas sem muita certeza, e o gerente andando pela sala, de vez em quando resmungando."

Depois entrava ele, Montalbano.

No fim, as últimas coisas gravadas eram os soluços contidos de Borsellino e as palavras "boa sorte".

Pegou o fone.

— Catarè, venha cá.

Ainda não tinha pousado o fone, Catarella já estava na frente dele, empertigado em posição de sentido.

— Às ordens, dotor!

— Imprime uma cópia da minha conversa e da de Augello com o gerente e me devolve o gravador. Mas atenção: sobre esse assunto você ainda não deve falar com ninguém.

— Sou um túmbalo, dotor — disse Catarella, entregando o MP3 que tinha no bolso.

Montalbano pegou o carro e partiu para Montelusa. Chegando à frente da sede da "Retelibera"* estacionou, entrou.

A secretária lhe deu um enorme sorriso.

— Quanto tempo, comissário!

— Oi, linda. Meu amigo está aí?

— Está, sim, mas em reunião. O senhor pode ir para o escritório dele, que eu aviso.

Na "Retelibera" ele estava em casa. E o diretor, o jornalista Nicolò Zito, era amigo leal. No escritório, Montalbano não esperou nem dez minutos, Zito entrou. Aí se abraçaram.

— Tudo bem com a família? — perguntou o comissário.

— Tudo ótimo. O que me conta?

— A gente podia fazer uma troca de favores.

— Diga lá.

— Você ficou sabendo que o deputado Mongibello quer abrir um inquérito parlamentar sobre o suicídio de Borsellino?

— Claro. E também ouvi aquele capacho do Ragonese. Querem jogar em cima de você a responsabilidade moral pelo suicídio, porque, segundo eles, você teria torturado psicologicamente o homem. O objetivo deles está claro: querem ferrar os dois: você e o superintendente.

— Como sempre, você entendeu tudo.

---

* Lit., Rede Livre. (*N. da T.*)

— O que vocês pretendem fazer?

— Não sei absolutamente o que o superintendente quer fazer, só sei o que eu quero fazer.

— E o que é?

— Te entregar isto.

Montalbano tirou o gravador digital do bolso e o entregou.

— O que está gravado aqui?

— Tudo o que Mimì Augello conversou com Borsellino antes, e eu, depois.

Zito deu um pulo na cadeira.

— Sério?!

— Ouça e julgue você mesmo. Primeiro estão aí quatro conversas de Borsellino com outras pessoas, depois a nossa.

Zito ficou um tempinho calado, depois falou.

— Você deve saber que, assim que eu transmitir, vai ser um deus-nos-acuda. É certo que o juiz vai requisitar o gravador e...

— Espere aí, a mim não interessa o aparelho em si. É suficiente que você faça uma cópia de tudo o que está gravado e guarde para mim.

— Claro que vou fazer. Mas não é esse o ponto. Eu não vou te perguntar como você conseguiu esta gravação, mas, se o juiz me perguntar como eu consegui, que explicações vou dar a ele?

— A mais clássica de todas: que recebeu num embrulho sem nome do remetente.

— Quem sabe eu tenho tempo de pôr no ar hoje mesmo no noticiário da uma.

Assim que pôs os pés no comissariado, foi falar com Augello na sala dele.

— Convocou Strangio e o advogado?

— Sim. Mas o advogado não pode vir. Disse pra gente tocar assim mesmo. Você não acha estranho?

— Estranho mesmo. Não assistiu nem ao depoimento do cliente para Tommaseo.

— E aí, vai me explicar por que é melhor para mim não cuidar desse caso?

— Porque você já está se arriscando bastante cuidando do roubo do supermercado.

— Pode se explicar melhor?

— Mimì, você lembra que eu disse que a gente precisava combater em quatro frentes?

— Claro.

— Eu estava errado, são cinco frentes.

E contou a conversa com o superintendente e as conclusões a que tinha chegado.

Mimì no fim estava pasmo, confuso, contrariado.

— Agora vamos para a sala de reuniões — disse Montalbano, depois de olhar o relógio.

— Fazer o quê?

— Ver televisão.

O aparelho havia sido colocado ali seis meses antes. Tinha sido baixada uma ordem de que todos os comissariados precisavam ter uma tevê.

Mimì ligou, sintonizou a "Retelibera". Passou o prefixo do noticiário e logo apareceu a cara de Zito.

Gostaríamos de dizer aos nossos espectadores que, logo depois do noticiário, vamos transmitir um verdadeiro furo de reportagem sobre o suicídio do gerente do supermercado de Vigata, senhor Guido Borsellino. Como todos os senhores sabem, Sua Excelência, o deputado Giulio Mongibello, da maioria, avisou o superintendente de Montelusa que promoverá uma interpelação parlamentar sobre esse suicídio que, em sua opinião, foi provocado pelos métodos não exatamente ortodoxos do comissário Salvo Montalbano. Para ser preciso, o deputado Mongibello afirmou que o comissário Montalbano teria submetido Borsellino a uma verdadeira tortura psicológica. Temos condições de revelar como realmente ocorreram os fatos, graças à gravação original dos diálogos ocorridos primeiro entre o subcomissário Domenico Augello e Borsellino e depois entre o comissário Montalbano e Borsellino. Transmitiremos a gravação na íntegra, ainda que haja um silêncio de meia hora mais ou menos entre o diálogo com o doutor Augello e o diálogo com o comissário Montalbano. Mas antes o noticiário.

Apareceu uma moça bonita que disse:
Boa tarde. Estas são as principais notícias do dia.

Treze

Apareceu o canteiro de obras de um prédio em construção.

Em Montereale, dois imigrantes que trabalhavam clandestinamente morreram ao caírem de um andaime. A magistratura abriu inquérito.

Em seguida, os roubos de sempre, os incêndios dolosos de sempre, os desembarques de imigrantes de sempre, uma ou outra tentativa de homicídio. No fim, reapareceu a cara de Zito.

E agora vamos pôr no ar a gravação já anunciada. Para os deficientes auditivos, providenciamos a transcrição que poderá ser lida no vídeo simultaneamente ao áudio.

A meia hora durante a qual ninguém falava, mas dava para ouvir Mimì assobiando e Borsellino andando, empurrando cadeiras, abrindo e fechando a janela, resmungando, acabou sendo bem mais impressionante que qualquer imagem.

Finalmente, Mimì Augello voltou a ficar sorridente.

Agora ficaria bem difícil o deputado Mongibello conseguir defender a tese da tortura psicológica.

* * *

Montalbano foi comer no restaurante de Enzo.

— Estou com um apetite enorme — disse, assim que se sentou.

E foi servido como desejava. Antepasto de frutos do mar (porção dupla), espaguetes com vôngole e mexilhões (uma porção e meia), lulas e camarões assados (porção dupla), vinho, nada de água e café.

Quando saiu do restaurante, estava convencido de que o passeio ao cais era indispensável, se quisesse sobreviver.

Chegando ao farol, se sentou na pedra achatada e começou a pensar.

Com que finalidade o gerente Borsellino tinha gravado cuidadosamente as discussões com Mimì e depois com ele?

Alguma razão decerto haveria de existir.

Apesar da comilança, o cérebro de Montalbano estava funcionando bem e, depois de uns quinze minutos de pensa-que-pensa, ele acabou convencido de que a intenção de Borsellino, no começo, era quase com certeza levar aos Cuffaro a gravação das conversas com os tiras para demonstrar que seu comportamento tinha sido perfeito, que ele não havia dito nenhuma palavra a mais nem a menos. Mas a pergunta de Mimì sobre o arrombamento inexistente tinha apanhado Borsellino de surpresa. Claro que aquilo era novidade para ele. Dava para perceber que, como entrava pela porta dos fundos quando chegava ao supermercado, não tinha ido verificar as portas da rua, por onde passava o público, uma das quais o ladrão deveria ter dado um jeito de deixar forçada. Naquele momento Borsellino talvez tivesse percebido que tinha sido metido de propósito numa enrascada, e que, sendo assim, queriam que ele fosse suspeito de roubo. Por isso, reagira da única maneira possível, ou seja, dizendo que queria o advogado. Mas as perguntas seguintes, feitas por Montalbano, não abriram nenhuma saída para ele. E o choro, no fim, foi meia confissão.

Mas assim a gravação tinha se tornado inútil para Borsellino.

Aliás, piorava tudo. O choro dele não deixava dúvidas.

Mas por que então não tinha apagado a gravação?

Talvez tivesse voltado ao supermercado exatamente para isso, mas o assassino não lhe deu tempo. Assassino que, se não levou o gravador, como fez com o celular, foi por não saber da existência dele. E não tinha dado uma olhada no bolsinho do paletó.

Depois Montalbano teve outro pensamento.

Borsellino havia ligado para o comissariado denunciando o roubo às oito da manhã, na hora da abertura para o público. Mas com certeza o gerente devia chegar antes, no mínimo para abrir a porta para o pessoal. Será possível que não tinha percebido o roubo assim que entrou no escritório?

E por que não tinha feito a denúncia imediatamente?

Talvez porque antes tivesse falado com alguém.

O gravador digital continha quatro conversas, e destas pelo menos três tinham sem dúvida ocorrido no dia anterior, porque naquela hora da manhã Borsellino não teve tempo hábil para isso. Portanto, o telefonema que falava do roubo talvez pudesse ser aquele que Catarella tinha catalogado como "Conversa com alguém que não se entende".

Mas tinha sido uma conversa ou um telefonema?

Olhou o relógio. Eram quase três. Era certo que Zito tinha voltado para a "Retelibera" depois de comer. Foi para o comissariado.

— Alô, aqui é Montalbano. Zito está?

— Passo já.

— Gostou do serviço? — perguntou Zito assim que pegou o aparelho.

— Sim, muito. E agradeço.

— Estão chegando dezenas de telefonemas. Todos a favor de vocês e contra Ragonese e Mongibello.

— Fico feliz, mas...

— Mas?

— Mas não acho que a vontade popular e a opinião pública sejam coisas que ainda possam ter efeitos concretos.

— Então, na sua opinião, a imprensa e a televisão não servem pra nada? Não servem pra formar a opinião pública?

— Nicolò, a imprensa escrita não serve para nada. A Itália é um país com dois milhões de analfabetos, e trinta por cento da população só sabe assinar o nome. Três quartos dos que compram jornais só leem as manchetes, que muitas vezes, esse é um belo costume italiano, dizem o oposto do que está escrito no artigo. Os poucos que sobram já têm opinião formada e compram o jornal que expressa essa opinião.

— Com relação à imprensa — disse Nicolò depois de um momento —, eu poderia concordar em parte, mas você há de convir que a televisão é vista pelos analfabetos também!

— Sim, e dá pra ver os resultados. Os três maiores canais particulares de televisão são de propriedade pessoal do dirigente do partido da maioria e duas redes estatais de televisão têm na direção homens escolhidos pelo dirigente do partido da maioria. É assim que se forma a tua bela opinião pública!

— Mas a minha televisão não é...

— A tua televisão é uma das poucas exceções, é de fato uma voz livre. E então eu pergunto: quantos espectadores você tem em relação à "Televigata"? Um décimo? Um quarto? Os italianos não gostam de ouvir vozes livres, verdades que perturbem seus miolos em sono eterno, preferem as vozes que não ofereçam problemas, que garantam que eles pertencem ao rebanho.

— Desculpe, mas então por que você me procurou para...

— Para ser ouvido por quem devia ouvir. Escute, vamos falar de coisas sérias. O juiz requisitou?

— Ainda não.

— Você conseguiu fazer cópia de tudo?

— Sim. De tudo. Até do que não tinha relação com o roubo.

— Cuidado, que isso para mim é material precioso.

— Tranquilo.

— Amanhã de manhã, o mais tardar, passo aí para pegar.

— Venha quando quiser.

Enquanto isso, a conversa com o desconhecido, segundo a catalogação catarelliana, podia ser lida na folha impressa. Procurou os papéis que Catarella lhe tinha dado, mas eles não estavam no meio dos papéis amontoados em cima da escrivaninha. Nem na gaveta do meio.

— Licença? — perguntou Fazio.

Desistiu da busca, continuaria depois.

— O que achou na casa?

Fazio parecia frustrado.

— A correspondência de Strangio é toda comercial, achei umas cartas pessoais, mas sem importância. Na correspondência da Carlesimo também não se encontra nada, quase tudo é carta dos pais dela, que moram perto de Palermo, uns cartões-postais de uma amiga que devia ser do peito, que mora aqui em Vigata e escrevia para ela quando viajava. Posso dar uma olhada num papel que está aqui no bolso?

— Pode, mas você sabe a condição.

— Sei sim, sei e respeito.

Puxou um papelucho, deu uma olhada rápida e pôs no bolso de novo.

— A amiga se chama Amalasunta Gambardella e mora na via Crispi, número 16.

Amalasunta! Como se chamava o pintor que pintava amalasuntas?

— Depois de falar com Strangio, a gente vê se é o caso de intimar essa moça. Algo mais?

— Sim, sim. Uma agenda da moça. Anotava quando precisava ir para Palermo assistir às aulas ou então à cabeleireira, coisas assim. Em compensação, na agenda telefônica achei certa quantidade de números que merecem ser estudados. Estou com a agenda aqui. Quer ver?

— Não. Examine você.

— Ah, o computador da moça eu peguei e dei para o Catarella.

— Como você sabe que é da moça?

— Liguei e vi várias coisas de arquitetura.

— E o de Strangio não estava na casa?

— Não senhor.

Catarella apareceu na porta.

— Dotor, acontece que está aqui aquele moço, Stracangio, que vossinhoria vai fazer a interrogação. Mandei se acumodar na sala de espera.

— Está sozinho?

— Tá, sim.

— Veja se o advogado vem.

Catarella foi até a janela, abriu, ficou olhando para fora.

— O que está fazendo?

— O que vossinhoria mandou: vendo se o advogado vem.

Mas o que era aquilo, um programa dos irmãos De Rege?*

— Não, é para ir perguntar ao Strangio!

— É pra já!

— Fazio, você faz a averbação.

Fazio se levantou e saiu. Catarella reapareceu.

— Falou assim que é bobagem esperar por causa que o advogado está acupado.

Fazio voltou com o computador que fazia uns anos substituía a velha máquina de escrever e foi se sentar no sofazinho.

— Catarè, diga para o Augello vir logo e depois manda o moço entrar.

Mimì chegou logo e se sentou numa das duas cadeiras em frente à escrivaninha.

Strangio parecia calmo. Mas estava com a barba por fazer e os olhos vermelhos. As mãos tremiam um pouco.

— Sente-se — disse Montalbano, indicando a cadeira livre.

Strangio se sentou e o telefone tocou. O comissário ergueu o fone.

— Não estou para ninguém! — gritou, desligando.

— Senhor Strangio...

O telefone tocou de novo.

— Ah dotor! Ah dotor, dotor!

Era o superintendente.

— Passa a ligação para a sala do doutor Augello.

E aos presentes:

— Desculpem, vou tentar me livrar o mais depressa possível.

Entrou apressado na sala de Mimì, o telefone tocava.

---

* Os irmãos De Rege, comediantes, atuaram até o imediato pós-guerra. Os diálogos dos dois se caracterizavam por quiproquós e mal-entendidos. (*N. da T.*)

— Pronto! Aqui é Montalbano.

— Fiquei sabendo da "Retelibera" que...

— Sim, senhor superintendente.

— Estou muito contente porque isso demonstra inequivocamente que o senhor e Augello agiram com extrema correção. E acredito não ser mais justificável uma acusação contra vocês.

Por que dizia contra vocês e não contra nós? Ele também não era da polícia? Já não estavam no mesmo barco? Aquele não era um erro digno da inteligência de Bonetti-Alderighi.

— Também penso assim, senhor superintendente.

Será possível que estava telefonando só para cumprimentar?

— Ah, escute, Montalbano, tem alguma ideia de como o gravador foi parar nas mãos daquele jornalista?

Essa era a verdadeira finalidade do telefonema.

— Nenhuminha, senhor superintendente. Quando fiz buscas na casa de Borsellino e no escritório, não havia sombra desse gravador.

— Se por acaso vier a ter alguma ideia...

— Tomarei providências para comunicar-lhe imediatamente.

Beijinho e tchau. Voltou para o escritório.

O certo é que, no tempo que tinha passado fora da sala, ninguém devia ter aberto a boca. O silêncio tinha a consistência de uma camada de fumaça.

— Senhor Strangio, quando saía para trabalhar, telefonava para sua namorada Mariangela?

— Claro.

— Mesmo quando ia para Roma?

O rapaz sorriu.

— Quando ficava em Roma ligava várias vezes. Assim que chegava e depois à tarde e à noite.

— Fez isso também...

— Isso mesmo. O último telefonema foi lá pelas 17.

— Ela disse algo especial?

— Disse que estava com muita dor de cabeça, que ia dormir cedo e pediu que não ligasse para lhe desejar boa-noite.

— Pareceu tranquila?

— Tranquilíssima. Normal.

— Como ligou? Do celular?

— Não, de um telefone público.

— Por quê?

— Porque ainda não tinha ido para o hotel, e meu celular estava descarregado.

— Depois, evidentemente, o carregou, porque declarou ao doutor Tommaseo que ligou para sua namorada várias vezes enquanto vinha de carro de Punta Raisi para Vigata.

— Sim. Pus para carregar assim que cheguei ao hotel.

— Como se chama o hotel onde ficou hospedado?

— Sallustio. Se quiser o número...

— Não, obrigado, não preciso. Agora tente lembrar o que fez depois da reunião na HP.

— Depois da reunião? Fui jantar e...

— O senhor costuma jantar lá pelas 17?

Strangio sorriu de novo. Mas dessa vez foi um sorrisinho ardiloso que incomodou o comissário.

— Estou vendo que o senhor se informou. Fui dar um passeio por Roma.

Montalbano logo teve a exata sensação de que o rapaz não estava dizendo a verdade.

Nessa altura o comissário teve uma ideia. Ia blefar; Livia que desculpasse. Antes de falar, fez uma cenazinha, tipo Bonetti-Alderighi. Pegou uma esferográfica, ficou olhando interessado para a ponta, pôs a caneta de novo no lugar, falou com voz bem séria.

— Senhor Strangio, sou obrigado a lhe pedir que pense bem na resposta que acabou de dar. Quer mudar sua resposta?

— Não. Por que iria querer?

— Porque o doutor Augello aqui presente já telefonou para o hotel Sallustio. Como o senhor mesmo notou, estamos plenamente informados sobre sua estada em Roma.

Strangio ficou duro feito um bacalhau e não abriu a boca. Montalbano se dirigiu a Augello.

— Relate o que lhe foi dito.

Mimì mostrou estar à altura da situação.

Tirou devagarinho um papel do bolso e fingiu que lia o que estava escrito.

— O cliente saiu do hotel à tarde, depois de pagar a conta.

Dobrou o papel com calma e pôs de volta no bolso.

Na mesma hora Strangio caiu na arapuca com roupa, sapato e tudo.

— O fato é que não, eu não gostaria absolutamente... — começou com muito custo, bem mais nervoso que antes.

— Espere, senhor Strangio. Quero que seja averbada minha profunda contrariedade pela ausência de seu advogado que mandei avisar deste encontro. Neste ponto o senhor pode perfeitamente se recusar a continuar.

Strangio não pensou duas vezes.

— Vamos em frente. Quanto antes terminar esta história, melhor.

— Fazio, averbou que eu comuniquei ao senhor Strangio que, a pedido dele, poderíamos interromper o interrogatório? Sim? Então podemos prosseguir. Senhor Strangio, pode dizer aonde foi depois da reunião?

O rapaz engoliu duas vezes antes de abrir a boca.

— Queria evitar envolver... Sim, é verdade, passei pelo hotel, fechei a conta, mandei chamar um táxi e fui para a casa... de uma amiga.

— Quando chegou à casa dessa amiga, que horas eram?

— Não sei... Seis e meia.

— O que fizeram?

— Nós... batemos papo. E depois jantamos. Em casa. Porque... eu tinha avisado que estava livre.

— Dormiu na casa de sua amiga?

— Sim.

— E de lá, na manhã seguinte, foi para o aeroporto?

— Fui.

— Essa sua amiga, o senhor vai ver sempre que viaja para Roma.

— Sim.

— É sua amante fixa?

— É.

Viva Strangio, que tinha arranjado uma amiguinha romana!

— Posso fumar? — perguntou o rapaz.

— Por enquanto, não. Desde quando tem esse relacionamento?

— Faz uns dois anos, tirando uma interrupção de alguns meses.

— Sua namorada estava a par?

— Não.

— Nome e sobrenome, endereço e número de telefone dessa sua amiga.

— Não daria para evitar...

— Não, senhor Strangio. Perceba que esse é o seu álibi.

— Então está bem. Se não é possível evitar... O nome dela é Stella Ambrogini, mora na via Sardegna nº 715. O telefone é 06-3217714. O celular, 338-55833. Vai poder confirmar tudo. Mas...

— Diga.

— Na entrevista coletiva eu disse que tinha dormido no hotel.

Mas do que é que ele estava falando?

— Deu uma entrevista coletiva?!

— Dei.

Montalbano começou a xingar em voz baixa. Viu que Fazio e Mimì também estavam pasmos.

— Por quê?

— Insistiram tanto...

— Quem?

— Os jornalistas.

A pergunta que ele fez escapou antes de conseguir segurar:

— Seu pai concordou?

— Meu pai não está aqui. Está em Nápoles, volta hoje à noite. Eu não disse nada a ele.

— Onde foi a entrevista?

— Na casa de meu pai, onde estou morando agora.

— Seu advogado estava presente?

— Não.

Mas olha só! Esse aí nunca estava. Se não o tivesse visto pessoalmente, Montalbano teria duvidado da existência dele.

— Desculpe, senhor Strangio, preciso fazer uma interrupção. Fazio, acompanhe o senhor Strangio até Catarella e peça que vá com ele lá fora para fumar. Depois ele deve ficar esperando na salinha. E você volte para cá.

Fazio e Strangio saíram.

— Muito bem, Mimì! Nunca perdemos o costume de jogar em equipe.

— Obrigado.

Fazio voltou e se sentou na cadeira de Strangio.

— Essa história da entrevista coletiva me pegou desprevenido — disse o comissário. — Vocês, o que acham disso?

— Ele nega, mas pode ser um lance sugerido pelo pai — disse Mimì.

— Não concordo — retrucou Fazio. — O pai usa jornalistas como Ragonese. Expor o filho, que claramente não anda bom da cabeça, sem nem ter o advogado por perto, não parece coisa de um político esperto como o governador da Província.

— Sou da opinião de Fazio — disse o comissário. — Foi uma ideia que o rapaz teve sozinho. Mas a pergunta é: com que objetivo fez isso? Algum objetivo ele devia ter.

— Olhem, hoje à noite a gente ouve a entrevista, depois volta a falar do assunto — concluiu Augello.

— O fato novo é que Strangio parece ter um bom álibi — disse Montalbano. — Fazio, liga pra essa mulher lá da tua sala. Veja se ela está disposta a confirmar tudo para o juiz. Eu vou fumar um cigarro.

— Mas Strangio está lá no pátio! — lembrou Mimì.

— Então vou para o banheiro.

Quatorze

Quando voltou, Fazio e Mimì estavam batendo papo no escritório.

— Conversou com ela?

— Conversei, sim. Deu pra perceber que ela já tinha sido informada por Strangio. Sabia do assassinato. Está disposta a confirmar tudo no tribunal.

— O fato de dizer no tribunal não significa nada — disse Mimì. — No tribunal, qualquer um pode muito bem jurar em falso.

— Por isso vamos continuar — disse Montalbano.

E para Fazio:

— Vai chamar Strangio.

— Estava apaixonado pela sua namorada?

O rapaz teve um instante de hesitação.

— Gostava dela.

Disse isso no mesmo tom de quem diz que tinha afeição por um cachorro que já morreu. Depois ele mesmo percebeu isso e se sentiu no dever de explicar.

— Depois de dois meses de convivência, Mariangela e eu nos tornamos... bons amigos. Apesar de às vezes, quer dizer, com frequência acontecer de fazermos amor. Percebemos que não tínhamos nada a ver um com o outro, não havia mais entusiasmo, paixão. Afeto, sim, havia. Muito. Foi... como um vento que passa de repente. Foi assim.

— Sobre essa nova situação entre os dois, vocês conversaram?

— Claro. E até longamente. Decidimos que cada um tocaria sua própria vida.

— Já que não tinham nenhum vínculo oficial, por que continuaram vivendo sob o mesmo teto?

— Sei lá. Talvez, pode parecer estranho, por comodidade. Acho...

— Diga.

— Acho, mas é só uma suposição, vejam bem, que nos últimos meses Mariangela, por se sentir sentimentalmente livre, encontrou, como dizer, um novo interesse.

— O que o faz supor isso?

— Ah! Certa mudança de humor... Tinha... é, tinha voltado a ser mais alegre, mais... Mas algumas vezes também ficava muito triste, fechada...

— Estava grávida de dois meses — disparou Montalbano.

Augello e Fazio ficaram mais surpresos que o rapaz.

— É mesmo? Ela não me disse.

Uma pausa. Depois:

— Vai saber se o pai era eu.

Nem preocupado nem alegre, só um pouquinho curioso.

— Aquela interrupção do seu relacionamento com sua amiga de Roma, a que o senhor aludiu, aconteceu quando?

— Nos primeiros dois meses de convivência com Mariangela.

— O senhor tem ideia de quem possa ser o homem pelo qual a moça mostrava interesse, como disse?

— Não tenho a mais pálida ideia.

A resposta tinha sido rápida demais. Alguma ideia, não tão pálida, ele devia ter.

— Quando o senhor, voltando de Punta Raisi, chegou à sua casa e abriu a porta... A propósito, estava fechada à chave?

— Claro. Mariangela, principalmente quando ficava sozinha, sempre tinha medo que...

— Notou algum sinal de arrombamento?

— Não, nenhum. Se havia, não vi.

— O senhor confirma que veio diretamente ao comissariado depois da descoberta do homicídio?

— Confirmo. Às nove cheguei a Punta Raisi, pouco depois das dez e meia estava aqui, em Vigata, às onze vim ao comissariado.

— Só uma hora e meia do aeroporto a Vigata?

— Sim. Dirijo bem. Uma hora e meia sem trânsito, naturalmente.

O telefone tocou.

— Ah dotor! Agorinha mesmo o promotor Gommaseo talefonou e aí eu falei que o senhor que é vossinhoria tava acupado com o Stracchio, então ele me falou pra dizer a vossinhoria, que é o senhor, pra dizer ao dito cujo que o promotor Gommaseo está esperando, não vossinhoria que seria o senhor, mas o dito cujo Stracchio, amanhã de manhã, nove e meia, no seu escritório dele em Montilusa, nove e meia da manhã amanhã. E depois também falou pra vossinhoria, que é o senhor, ligar pra ele quando acabar.

— O doutor Tommaseo o espera amanhã pela manhã, apesar de ser domingo, às nove e meia no Palácio da Justiça — comunicou Montalbano ao rapaz.

E depois:

— Acho que por hoje podemos ficar por aqui.

— Gostaria de contar uma coisa que está me intrigando — disse Strangio, sem ninguém esperar.

— Diga.

— Mariangela, quando eu vi do corredor, estava nua em cima da escrivaninha do escritório. Os senhores encontraram alguma roupa dela naquele aposento?

— Não.

— Estranho.

— Por quê?

— Em geral, à noite, antes de ir para a cama, ela tomava banho e ficava andando pela casa de roupão... branco, de tecido atoalhado. Encontraram esse roupão?

— No escritório não estava.

— Outra coisa... o doutor Tommaseo me mandou pôr o carro na garagem e lacrou a garagem. Deixei o computador dentro do carro e sem ele não posso nem trabalhar. Gostaria de reaver o computador. É possível?

— Precisa pedir ao doutor Tommaseo. Preste atenção: dê um jeito de amanhã de manhã o seu advogado também estar presente. Mimì, por favor, acompanhe esse senhor.

Depois das despedidas, Augello e Strangio saíram.

— Para amanhã de manhã, mesmo sendo domingo, convoque a amiga do peito de Mariangela — disse o comissário a Fazio. — Depois do que Strangio disse, temos absoluta necessidade de falar com ela.

Quando Fazio saiu, ele voltou a procurar as folhas com as transcrições. Não encontrou em lugar nenhum. Então ficou convencido de que tinha levado tudo para Marinella.

Já era tarde. Ligou para Tommaseo, esperando que fosse coisa rápida.

— Montalbano? Vem amanhã de manhã também?

— Na verdade eu precisaria...

— Tudo bem. Apertou bem o cara? Já entendi como Strangio matou a moça, viu?

— É mesmo? Diga então.

— É tudo uma questão de horários de voos. Preste atenção. Strangio pega em Roma o voo das...

— Doutor, eu tive a mesma ideia e obtive informações. O que o senhor supõe seria possível se...

— Está vendo como o senhor também chegou lá? E o doutor Pasquano forneceu o motivo! Ela estava grávida! Strangio descobre que Mariangela está grávida, decerto tem suspeitas, tem quase certeza de que o pai não é ele, então, louco de ciúme, decide matá-la. Pega um avião em Roma...

— Isso nós já dissemos.

— Ah, já.

— Mas, olhe, Strangio tem um álibi consistente.

— Que álibi?

— Passou a noite em Roma com a amante. E a moça está disposta a depor como testemunha no tribunal.

— Mas que valor tem o testemunho de uma garota de programa!

Montalbano se surpreendeu.

— O senhor conhece a moça?

— Não. Não sei nem o nome dela, o senhor não disse!

— Então como está dizendo que...

— Intuição!

— Veja que...

— É como eu digo, Montalbano. Mas como, você tem nas mãos uma maravilha, uma preciosidade, uma delícia, uma flor perfumada, uma joia, um...

— Está falando do quê, desculpe?

— De Mariangela, claro! Estou falando e olhando as fotos dela. Tem nas mãos um anjo e vai se meter com uma mulher do pecado como uma garota de programa que por uns vinténs está disposta a jurar em falso?!

Quer ver só que Tommaseo tinha se apaixonado loucamente por Mariangela? Nesse caso, Strangio, culpado ou inocente, ia se ver numa enrascada. Melhor esclarecer logo as coisas.

— Mil perdões, doutor Tommaseo, mas acho que o senhor está cometendo um grande erro de avaliação.

— Ah, é?

— É. Não concordo com o senhor em concentrar a investigação só em Strangio.

— Escute aqui, comissário, quem é que dirige as investigações?

— O senhor. Mas repito: não concordo. Ainda há todo um leque de...

— Se o senhor não concorda, sabe o que vai acontecer? Vou ser obrigado a conversar com o superintendente.

— Faça o que achar melhor.

Perdido por um, perdido por mil. Em vez de pegar o caminho de Marinella, entrou pela paralela, via Pirandello, que levava à casa de Strangio. Tinha pedido as chaves a Fazio. Estacionou na frente do portão, que estava aberto, e desceu. Naquele momento não passava ninguém. Percorreu o caminho do jardim, chegou à porta, deslocou os lacres, abriu, entrou, fechou. Acendeu as luzes e subiu para o andar de cima.

No escritório o cheiro de sangue ainda era forte. Olhou a escrivaninha em cima da qual Mariangela tinha sido encontrada em pose obscena. Como se o assassino a tivesse matado enquanto se preparavam para fazer amor.

Saiu do escritório, olhou do corredor. Strangio havia falado a verdade, dali se via tudo perfeitamente. Não tinha precisado entrar para entender o que havia acontecido.

Entrou. Em cima da grande escrivaninha, além dos documentos com as letras HP, também viu livros e desenhos de arquitetura, mapas de cidades, manuais de urbanismo, grandes folhas transparentes, papéis de desenho, lápis de cores diversas, borrachas, canetas marca-texto, esquadros... Tudo empapado de sangue.

O roupão branco não estava no escritório.

Procurou o roupão pela casa toda e não o encontrou. Talvez o assassino tivesse levado embora, talvez tivesse posto dentro de uma pasta comum de plástico.

Mas por que Strangio dava tanta importância ao roupão?

Saiu, fechou, recolocou os lacres. Depois pegou a ruela que levava para a parte de trás e que se chamava via Brancati.

Ali estava a garagem com os lacres. Tirou os lacres, levantou a porta de enrolar, e um pedaço de papel voou pelo ar e caiu no chão. Curioso, ele acendeu as luzes da garagem para enxergar melhor, abaixou-se para pegar e olhou. Era um papelucho com o timbre "Empresa de vigilância SONOS TRANQUILOS".

Dava para perceber que o vigilante, a cada noite que passava por lá, enfiava um papelucho entre a porta e a parede para comprovar que tinha cumprido seu dever. Quando a porta de enrolar era levantada, o papel caía. Quis confirmar. Abaixou a porta novamente, colocou o papelucho e levantou a porta. O papel caiu. Recolheu o papel de novo e ficou olhando, depois percebeu que no chão havia outros três, mas deviam estar lá fazia alguns dias. Pegou todos, dobrou em quatro, pôs no bolso com o outro. Alguma coisa ali não estava conferindo, mas ele não sabia explicar o quê. Entrou na garagem.

Dentro dela estava a BMW de Strangio. No banco de trás se via um computador. Na parede oposta, a garagem tinha outra porta de enrolar igualzinha à primeira, por onde ele tinha entrado. Levantou essa também. Também estava lacrada. Agora ele se encontrava no jardim da casa.

Cômodo. Dava para chegar de carro pela via Brancati, estacionar na garagem e entrar na casa atravessando o jardim, sem precisar vir a pé da rua. Assim como dava para entrar de carro pelo portão e ir estacionar na garagem abrindo a porta de enrolar interna.

Fechou tudo, foi para a rua, recolocou os lacres. Sem querer, ergueu os olhos. No quarto andar do prédio ao lado, uma mulher debruçada na sacada olhava para ele. Tinha certeza de que era a mesma que ele vira tomando sol na sua primeira visita à casa. Mas aquela mulher ficava na sacada dia e noite?

Subiu no carro e partiu para Marinella.

Procurou por toda a casa as folhas com as transcrições, mas não as encontrou. A única explicação possível era que as folhas tinham sido levadas por alguém que tivesse ido pegar os documentos assinados.

No dia seguinte perguntaria a Catarella. Como sempre, aprontou a mesa na varanda, foi pegar o prato de trilhas acebofadas, preparado por Adelina, uma delícia. Mas não apreciou devidamente, como mereciam, porque um pensamento o estava aporrinhando.

Acabou, tirou a mesa, pôs cigarros e uísque em cima da mesinha, foi para dentro de novo, pegou os papeizinhos, pôs tudo em cima da mesinha, sentou e arrumou os papéis em ordem cronológica.

Eram quatro e iam do dia 5 ao dia 8.

Tudo certo. Só estava perdendo tempo. Mas...

Pegou a garrafa e se preparou para destampá-la. Naquele exato momento um ventinho de nada bastou para levar os papéis embora. Com as mãos ocupadas, não conseguiu segurar o voo. Praguejando, saiu correndo atrás dos papéis. Dois deles pousaram dentro da varanda, o terceiro voou um pouco mais e caiu na areia, o quarto desapareceu. Sem parar de praguejar, sempre com variações inéditas, correu para dentro de casa, catou a lanterna e saiu. Pelejou dez minutos e o encontrou. Finalmente estava com ele de novo nas mãos.

Mas, enquanto isso, tinha entendido por que as coisas não estavam batendo desde o começo, quando ele se encontrava na garagem.

No entanto, precisava de uma confirmação imediata, senão não conseguiria pregar os olhos naquela noite.

Foi até o telefone, com os papéis na mão, discou um número.

— Fazio, desculpe, sei que é tarde, mas...

— Pode dizer, Doutor.

— Você estava presente quando Tommaseo requisitou o carro de Strangio e o mandou pôr na garagem? Diga como foi.

— O carro de Strangio tinha ficado aqui conosco. Ele veio comigo e com Gallo, depois levou o carro dele para a casa, e nós fomos atrás. Mas Strangio não entrou pela via Brancati, e sim pelo portão, percorreu o caminho interno que dá na porta de enrolar, abriu a porta e pôs o carro na garagem. Então Tommaseo mandou lacrar as duas portas.

— Mais uma coisa. Você lembra que Strangio declarou que, chegando em casa, vindo de Punta Raisi, pôs o carro na garagem e depois, para entrar na casa, atravessou o jardim?

— Foi o que ele disse, sim.

— E que, descobrindo o assassinato, pegou a BMW para ir falar com a gente?

— Isso mesmo.

— Obrigado. Boa noite.

Para evitar o risco de um pé de vento, enfileirou os papeizinhos na mesa de jantar e se sentou. Portanto, a pobre Mariangela tinha sido morta na noite do dia 7. Strangio, que já havia viajado, o que podia ser confirmado pelo papelzinho do dia 7 que estava no chão dentro da garagem, volta na manhã do dia seguinte, 8, e, de acordo com o que declarou, abre a porta da garagem.

Consequentemente, o papel do dia 8 deveria ter caído.

No entanto, fica no lugar.

E também não pode cair quando Tommaseo manda Strangio guardar o carro na garagem porque ele entra pela outra porta.

O papel do dia 8 não deveria estar ali, se tudo tivesse acontecido como Strangio contou.

Se estava, significava que nada tinha sido como o rapaz havia contado.

Então, como tinha sido?

Aconteceu que Strangio, voltando do aeroporto, não passou pela garagem, mas parou a BMW na frente do portão.

Como se já soubesse que precisaria do carro pouco depois para correr ao comissariado. Como se já soubesse o que encontraria no escritório.

Pegou os papeizinhos, meteu no bolso, saiu para a varanda, bebeu meio copo de uísque, esperando o telefonema de Livia.

Não estava a fim de pensar em nada, olhar o mar era suficiente.

Acordou às sete e meia. Pra que levantar?, pensou. Hoje é domingo, posso fazer um pouco de corpo mole. Fechou os olhos, nem dez minutos depois o telefone tocou. Foi atender. Era Nicolò Zito, parecia agitado.

— Faz meia hora uma faxineira me telefonou dizendo que tinha encontrado a porta da "Retelibera" arrombada. Avisei a superintendência e fui correndo para lá.

— Roubaram o quê?

— Adivinha. Só uma coisa que estava em cima da escrivaninha.

— O gravador?

— Exato.

Montalbano ficou com o coração na mão.

— E a cópia?

— Essa não, eu tinha trazido para casa. Mas queria te avisar.

O comissário suspirou aliviado.

— Obrigado.

— Só não entendo uma coisa. Será que eles não percebem que é uma cretinice inútil? Iam precisar roubar também a gravação do noticiário de ontem à noite. Está tudinho lá.

— Nicolò, eles nem sempre são inteligentes.

Desligou, era bobagem se deitar de novo. Foi para a cozinha fazer café.

No entanto, o lance dos ladrões tinha sido acertado, coisa que ele não quis dizer a Zito. Era evidente que eles estavam interessados na gravação toda, e não só na parte que tinha sido posta no ar.

Nesse ponto, começou a pensar que, para encobrir um simples roubo nem tão grande, e nisso Fazio tinha razão, já havia dois homicídios e outro roubo que decerto causaria estardalhaço porque o alvo tinha sido uma rede de televisão. Zito com certeza definiria o ato como intimidação, pedindo solidariedade aos colegas.

Em suma, quem roubou o gravador sabia que ia provocar um grande bafafá, mas apesar disso resolveu roubar tão logo soube que Borsellino tinha um gravador escondido no escritório.

Devem ter pensado: quer ver que ele também gravou a conversa com a gente antes de denunciar o roubo?

E agiram de acordo com esse pensamento, sem perda de tempo e pouco ligando para o que os jornais e as televisões iam dizer.

Tomou uma ducha, fez a barba, se vestiu, bebeu mais meia caneca de café e o telefone tocou de novo. E aquela era uma manhã tranquila de domingo?

Já eram oito e meia. Dessa vez era Fazio:

— Doutor, desculpe, ontem à noite esqueci de dizer que a amiga de Mariangela vai ao comissariado às dez, quando sair da missa. Também vou.

— Tá bom.

— Viu ontem a entrevista coletiva de Strangio que reprisaram à meia-noite?

— Não, esqueci. Como foi?

— Strangio contou a mesma coisa que contou à gente, com a diferença que disse que em Roma tinha dormido num hotel. E sabe de uma coisa? A pergunta mais perigosa quem fez foi o próprio Ragonese.

— Qual?

— Não foi propriamente uma pergunta, ele demonstrou, com os horários na mão, que ele, saindo um pouquinho antes do fim da reunião, podia pegar um avião, vir para cá, matar a moça e voltar para Roma.

Mas todo mundo tinha pensado a mesma coisa!

Fazio prosseguiu:

— Strangio só disse que não foi ele que matou a moça. Mas a tirada de Ragonese impressionou. Eu esperava que ele fosse defender o rapaz, mas, em vez disso, botou mais lenha na fogueira.

— Obrigado, Fazio, até mais tarde.

E isso simplesmente significava que as ordens eram duas: o ladrão do supermercado tinha de ser Borsellino, o assassino de Mariangela tinha de ser Giovanni Strangio.

Mas como é que o pai Michele, poderoso governador da Província, deixava o filho ser acusado sem reagir?

E agora, como passar o tempo? Dando voltas pela casa? Não, ele achou um jeito de usar melhor o tempo. Saiu, entrou no carro, pegou o rumo de Vigata. Mas, em vez de continuar para o centro da cidade, logo nas primeiras casas virou para a via Pirandello e foi parar em frente ao portão da casa de Strangio. Desceu do carro, ergueu os olhos. A mulher do quarto andar estava na sacada. Entrou a pé na via Brancati, parou na frente da garagem de Strangio. Levantou um braço e cumprimentou a mulher com um aceno. Ela retribuiu.

Montalbano pôs as mãos ao redor da boca:

— Quero falar com a senhora.

— Quarto andar, apartamento 16 — disse a mulher, usando o mesmo sistema.

Foi até a porta do edifício, olhou os nomes ao lado dos botões do porteiro eletrônico, o apartamento 16 correspondia ao nome de Concetta Arnone, ouviu o estalo, empurrou a porta, entrou, pegou o elevador. A mulher o esperava em frente à porta do apartamento.

— Fique à vontade, comissário.

— Como me conhece?

— Vi o senhor na televisão. Senão, o que que o senhor acha, que vou mandar subir um desconhecido que me cumprimenta dali da rua?

Quinze

Tinha entre 65 e 70 anos, estava arrumadinha, não usava óculos, era conservada, poucas rugas, olhos espertos, mas devia ter algum problema nas pernas, que não conseguia dobrar. Convidou o comissário a se sentar no sofá da sala e se sentou ao lado.

— As pernas estão rígidas, é muito difícil andar — começou.

Nos primeiros quinze minutos de conversa, Montalbano ficou sabendo que ela era viúva fazia cinco anos, que não tinha filhos, que tinha uma irmã casada em Fiacca, que as compras quem fazia para ela era a vizinha, mulher como ela não se fazem mais, que a aposentadoria não dava para nada, que, não tendo nada para fazer, passava todo o santo dia na sacada, apoiada ao parapeito, ficar sentada era incômodo, que via televisão até tarde da noite, que...

Nesse ponto o comissário interrompeu o monólogo.

— Gostaria de saber se no dia 8 de manhã a senhora estava na sacada e por acaso viu...

— Dia 8 foi quinta — disse a mulher. — Dia de bomba.

— Não entendi.

— Sou gulosa, comissário. E quinta-feira peço para a vizinha comprar uma bomba de massa folhada para mim. Uma na quinta e outra hoje, que é domingo.

— Queria perguntar se quinta-feira, dia 8, de manhã, lá pelas dez e meia, a senhora viu Giovanni Strangio, o rapaz que mora naquela casa...

— Claro que conheço Strangio e a namorada dele também, tadinha. Vi ele naquele dia de manhã.

— Ele disse que chegou de Palermo, pôs o carro na garagem e depois...

— Não, não, não pôs na garagem

Montalbano teve um sobressalto.

— Não pôs na garagem?

— Não, não. Parou na frente da garagem, eu reconheci o carro, mas ele não desceu, ficou um tempinho parado, depois saiu de novo. Vem aqui comigo.

Levantou-se a duras penas, Montalbano foi atrás dela.

Seu pensamento estava correto na história dos papeizinhos da empresa de vigilância!

Da sacada se via a garagem e todo o jardim da casa de Strangio.

— O rapaz ficou parado dentro do carro pensando, depois pôs o carro em movimento e saiu. Quando chegou na via Pirannello, virou à esquerda.

— Tem certeza? — perguntou Montalbano, estranhando.

Se virou à esquerda, significava que tinha ido diretamente para o comissariado. Para parar em frente ao portão e depois ir descobrir a namorada assassinada, ele deveria ter virado à direita.

Por isso Strangio não tinha precisado entrar na casa. Era bobagem. Alguém tinha contado a ele tudo o que havia acontecido lá dentro. E só o assassino podia ter contado. Um assassino que Strangio não queria acusar, mesmo com o risco de ser considerado autor do homicídio.

— ... por isso repito que ele virou para a esquerda — concluiu a mulher.

Ele tinha perdido as outras palavras dela.

— Não estou duvidando, senhora.

— E eu enxergo bem, mesmo quando está escuro — disse a mulher. — A luz daquele poste é suficiente, está vendo? E eu enxergo como se fosse de dia!

— Acredito.

— Sabe? Quero dizer uma coisa sem faltar ao respeito pela boa alma daquela coitadinha que foi assassinada.

— Diga.

— Vamos dizer que faz mais de três meses, vamos dizer quatro, um homem vinha se encontrar com ela quando Strangio viajava.

Montalbano segurou a respiração.

— Fazia assim — continuou a mulher. — Chegava na frente da garagem, descia, abria, se vê que ele tinha a chave, punha o carro dentro e saía pelos fundos. Eu via ele atravessar o jardim e depois desaparecer quando virava na esquina da casa.

— Então entrava na casa.

— Entrava. Mas eu não via sair pelo portão.

— Conseguiu ver a cara dele?

— Nunca. Sempre de costas.

— Mas quando ele saía da casa para pegar o carro...

— Devia ir embora bem de manhãzinha. Nunca vi, porque a essa hora estou dormindo. A única coisa que sei dizer é que não era mocinho, tinha no mínimo uns cinquenta, calculei pelo jeito de andar.

— Quer dizer que essas visitas aconteciam quando Strangio viajava?

— Isso mesmo.

* * *

Antes de ir para o comissariado, passou pela confeitaria e mandou embalar uma bandeja com doze bombas.

Era folga de Catarella, e no lugar dele estava um policial chamado Sanfilippo.

— Fazio chegou?

— Sim senhor.

— Diga para ir à minha sala.

Assim que Fazio apareceu, ele lhe estendeu a bandeja.

— Leve para a sua sala e, depois que a gente terminar com a moça, pegue essa caixa e vá entregar à dona Concetta Arnone, no quarto andar do prédio da via Brancati.

Os olhos de Fazio brilharam.

— Ela disse coisas importantes?

— Importantíssimas. Vá botar a caixa lá e volte, que lhe conto.

Mas não tiveram tempo, porque, assim que Fazio se sentou, Sanfilippo veio dizer que tinha chegado uma moça que se chamava Amalasunta Gambardella.

O comissário já havia reparado que as amigas do peito das mocinhas bonitas em geral eram meio feiosas. Amalasunta não fugia à regra.

Quatro-olhos, malvestida, mas com um jeito decidido.

— Se o senhor não tivesse me chamado, eu viria assim mesmo — foi a primeira coisa que disse.

— Decidimos chamá-la porque o inspetor-chefe Fazio, examinando a correspondência da falecida, percebeu que a senhora era a melhor...

— Conclusão correta — atalhou Amalasunta. — A mim ela dizia tudo.

— Portanto, pode nos ajudar muito.

— Acredito que sim.

— Então, vamos começar do começo. Quando as duas se conheceram?

— Éramos colegas na escola primária e daí em diante continuamos amigas.

— Portanto deve saber como Giovanni e Mariangela se conheceram?

— Claro. Foram apresentados pelo pai.

Montalbano teve um ligeiro acesso de imbecilidade.

— O pai de quem, desculpe?

— O pai de Giovanni, o professor Michele Strangio, o senhor governador da Província.

Não devia contar com a simpatia de Amalasunta o tal professor Strangio.

— E como é que o pai de Giovanni a conhecia?

— Porque era professor dela no colegial. De matemática. E Mariangela era aluna dele. Quando Giovanni e Mariangela se conheceram, ela estava no terceiro ano.

— Entendi — disse o comissário.

— Acho que não — disse calma e tranquilamente a moça.

— O que quer dizer com isso?

— Que o professor, faz quatro meses, reatou a relação que tinha começado com Mariangela no tempo do colegial.

A impressão de Montalbano foi que, debaixo dele, a cadeira tinha sido balançada por um ligeiro abalo sísmico.

— Tem certeza do que está...

— Quer detalhes? Como e onde foi a primeira vez?

— E ninguém nunca soube que...

— O senhor conhece o professor? É um homem bonitão, viúvo, muito sedutor, grande carisma, um mago. Assim que começou a fazer política, fez carreira.

— Que idade ele tem?

— Cinquenta e cinco, cinquenta e seis. Mas parece menos.

— Ninguém soube de nada, no colégio?

— Não. No colégio se comentava que o professor andava com as alunas, mas tudo sempre ficou no boato, na fofoca.

— Mariangela estava apaixonada por ele?

— Um pouquinho, o suficiente para justificar para si mesma o fato de se deitar com ele. Mas, quando o professor lhe apresentou o filho, Mariangela teve a impressão de que ele tinha a intenção de... em suma, que não era uma apresentação desinteressada... que ele queria, como dizer, empurrá-la para Giovanni.

— Por que ela não se rebelou?

— Mariangela tinha muitos dotes, além da beleza. Mas era um caráter fraco, se deixava levar, é isso.

— E Giovanni, por que aceitou?

— Comissário, Giovanni é completamente submisso ao pai, faz tudo o que ele manda sem dar um pio. Além disso, Mariangela era lindíssima. Ela virava a cabeça de todos os rapazes. Giovanni, desde criança, foi subjugado pelo pai, que queria que ele se tornasse filho dele de verdade...

Outro ligeiro abalo sísmico.

— Por que, ele não é filho do professor?

— Não, foi adotado com cinco anos. A mulher do professor, que morreu quatro anos depois da adoção, não podia ter filhos. E, se Giovanni cresceu assim, meio descabeçado, é culpa do pai, pelo modo como sempre o tratou.

Fazio e Montalbano se entreolharam. Tinham achado uma mina de ouro.

— Escute, preciso lhe fazer uma pergunta e gostaria que respondesse com a mesma franqueza que usou até agora. Mariangela disse que estava grávida?

— Disse.

— De Giovanni?

— Não.

— A senhora sabe de quem?

— Sei.

— Pode dizer o nome?

Antes de responder, Amalasunta deu um suspiro bem profundo.

— Comissário, na universidade Mariangela fez arquitetura, e eu, direito. Gosto muito. Tudo o que eu disse até este momento não é penalmente relevante para ninguém. Mas, se eu disser esse nome, o quadro vai mudar completamente. Além do mais, acho que não existem provas que possam confirmar o nome que eu disser. E Mariangela está morta, ninguém mais vai poder perguntar a ela se estou dizendo a verdade ou não.

Amalasunta se tornaria uma boa advogada, isso era certo.

— O filho era do homem que faz quatro meses ia se encontrar com ela quando Giovanni viajava?

A moça não respondeu.

— Existe uma testemunha ocular — insistiu Montalbano.

— E reconheceu o homem?

— Em certo sentido.

A moça pensou um bocadinho.

— Acho que o senhor está armando uma cilada. Não caio nessa.

Era inteligente e esperta. Montalbano não replicou.

— Mariangela tinha outros amantes?

— Não.

— Escute, a senhora se recusaria a dizer esse nome mesmo diante de um juiz? Explico: a senhora estuda direito, portanto deveria saber que a recusa em revelar esse nome poderia lhe custar um preço nada pequeno.

— Sei.

— Portanto a senhora, conscientemente, se recusa a dar o nome do assassino.

A compostura e a decisão da moça foram destruídas de repente pelas palavras do comissário.

— Mas quem disse que ele é o assassino?

— Até a senhora desconfia que o amante de Mariangela, o mesmo que a engravidou, também é o assassino dela. Mas, como se trata de suspeita apenas, não pretende revelar o nome. Agora, veja bem, essa sua atitude está me levando a supor que, caso se tratasse de uma pessoa qualquer, a senhora teria dito o nome facilmente. Se não diz é porque tem medo das consequências.

A moça se limitou a abaixar a cabeça e olhar para o chão.

— Porque se trata de pessoa muito importante — continuou o comissário —, que, se quiser, pode se vingar da senhora. Consigo entender, sabia? Vamos fazer o seguinte. Está dispensada de dizer o nome.

A moça ficou na mesma posição.

— E nem eu vou revelar — continuou Montalbano. — Não por medo. Mas porque ainda não tenho provas. Quando tiver, a senhora está disposta a confirmar o nome que eu disser, mesmo no tribunal?

Dessa vez a moça levantou a cabeça e olhou para ele.

— Aí sim — disse.

— Obrigado por tudo. Pode ir.

O comissário se levantou e lhe estendeu a mão. A moça apertou a mão dele. Cumprimentou Fazio e se dirigiu para a porta.

Parou quando ouviu a voz de Montalbano:

— Posso começar minha investigação partindo da hipótese de que o início de tudo foi o reatamento entre os dois?

A moça se virou.

— Pode — disse, saindo.

— Fazio, entendeu tudo?

— Claro. Por acaso sou bobo?

— Então se mexa, mesmo sendo domingo. Telefone, busque informações, mova céus e terra. E não se esqueça das bombas da senhora Arnone.

Fazio tinha acabado de sair, o telefone direto tocou. Era o senhor e subrintendente.

— Esperava encontrá-lo mesmo, comissário. Recebi um longo telefonema do doutor Tommaseo me comunicando que o senhor não está de acordo com a linha de investigação. O doutor Tommaseo tende à total inculpação, enquanto o senhor nutriria fortes dúvidas. É isso?

Em nenhum momento mencionou o nome de Strangio. Será que tinha medo que o telefonema estivesse sendo interceptado?

— Não que eu nutra fortes dúvidas, só tomei a liberdade de sugerir ao doutor Tommaseo que também seguisse outras pistas.

— Mas há outras pistas?

— Olhe, hoje de manhã, por puro acaso, uma senhora me disse ter notado várias vezes um homem que ia se encontrar com a moça justamente nas noites em que o namorado estava ausente. Viu até a cara dele.

Fez uma pausa, depois disparou a mentira.

— Um homem de uns trinta anos, alto, elegante, que dirige um carro esportivo de dois assentos.

O superintendente ficou um bocadinho em silêncio. Na certa estava pesando os prós e os contras. A prisão de Giovanni Strangio implicaria enormes amolações políticas, enquanto a prisão de um assassino qualquer não causaria nenhum aborrecimento. Muito pelo contrário.

— Escute, Montalbano, vamos fazer o seguinte. Responsabilizo o doutor Tommaseo pelo caso Rasetti, enquanto o senhor continua seguindo a pista desse rapaz de trinta anos. Estou dando autorização verbal, naturalmente.

— Naturalmente. Agradeço, senhor superintendente.

Desligou e foi até a sala de Fazio procurar as folhas com as transcrições da gravação entre todos os papéis que tinha assinado e estavam para ser liberados. Finalmente encontrou. Pôs tudo no bolso.

Saiu, pegou o carro e foi comer no restaurante do Enzo. Não podia se queixar da colheita da manhã.

Depois de comer, deu o passeio de sempre pelo cais e partiu para Marinella.

Tirou a roupa e deitou.

Vou descansar uns minutinhos, pensou.

Que nada, às cinco foi acordado por um telefonema de Fazio.

— Doutor, posso ir aí com o doutor Augello?

— Venham.

Foi o tempo de tomar uma ducha e se vestir, tocaram a campainha.

— Como passei pelo comissariado e encontrei Fazio e ele me contou... Achei melhor vir também — disse Mimì.

Sentaram na varanda. Uma tarde de domingo que era uma lindeza. Muita gente deitada na areia, tomando sol.

— Querem tomar alguma coisa?

— Nada, obrigado — responderam os dois em coro.

Fazio, sem pedir permissão, tirou um papel do bolso.

— Não é nada de registro civil — disse para acalmar Montalbano. E continuou: — O governador da Província, na manhã do homicídio, teve uma reunião que durou até a uma hora da tarde, foi almoçar, teve outra reunião que durou até as cinco e depois disse que ia para casa fazer as malas porque precisava viajar a Nápoles, onde tinha uma reunião política.

— Precisaria verificar se... — começou o comissário.

— Já feito. Pegou o avião das nove em Punta Raisi...

— Teria todo o tempo do mundo para matar Mariangela — disse Mimì.

Montalbano parecia não ter ouvido.

— Precisaria saber em que hotel...

— Já feito.

Montalbano se levantou num pulo, se apoiou ao balaústre da varanda, respirou fundo três vezes, conseguiu acalmar o nervosismo que lhe dava aquele "já feito". Voltou a se sentar.

— Ficou no Hotel Vulcano — disse Fazio.

Montalbano faria outra pergunta; se Fazio respondesse "já feito", ele não conseguiria se controlar. Fez a pergunta de outro jeito:

— E naturalmente você se informou sobre o voo que Giovanni pegou em Roma para ir se encontrar com o pai em Nápoles, porque tinha sido chamado por ele.

Augello demonstrou espanto, mas Fazio sorriu.

— Sim, sim. Não pegou voo nenhum, não aparece. O que aparece é que alugou um carro veloz na Avis e no dia seguinte de manhã bem cedo deixou o carro no aeroporto de Fiumicino. A amiga romana dele não falou a verdade.

— Portanto, não teria vindo para Vigata matar a moça — concluiu Augello.

— Prestem atenção — disse Montalbano. — Resumindo, as coisas poderiam ter acontecido da seguinte maneira. O professor volta a se interessar por Mariangela e os dois reatam a velha relação. Mas a moça fica grávida e diz ao amante. Não quer se livrar do filho, talvez espere que o homem se case com ela. Se ele não quiser, ela promete fazer um escândalo. Na noite da viagem para Nápoles, o governador vai se encontrar com a moça, talvez para tentar mais uma vez convencê-la a abortar. Eles têm uma discussão violenta. O senhor governador perde a cabeça porque um eventual escândalo arruinaria a carreira política dele, então mata a amante com um estilete que encontra em cima da escrivaninha e comete aquele massacre com ódio. Depois tira o roupão dela, põe a moça numa pose obscena para dar a impressão de crime passional, pega o roupão, sai, fecha a porta da casa, entra na garagem pela porta de enrolar dos fundos, põe o roupão no porta-malas e vai correndo desabalado para o aeroporto depois de ligar para Giovanni marcando encontro com ele em Nápoles. Quando o filho chega no hotel napolitano, ele conta tudo e o convence a ajudar. Promete os melhores advogados de defesa. E ele, que não tem condições de dizer não ao pai, aceita. O resto vocês sabem.

— Bela reconstituição — disse Augello. — E também plausível. Mas não entendo a história do roupão.

— Já vou explicar, Mimì. Quando o governador começa a dar as estiletadas, a moça está de roupão. Naquela fúria, ele deve ter se ferido também. Portanto, poderia se ferrar com um eventual exame de DNA. Por isso é obrigado a levar o roupão embora.

— Mas o terno, a camisa, os sapatos dele também deviam estar sujos de sangue! — objetou Mimì.

— De fato estavam. Mas na garagem ele trocou tudo com a roupa que estava na mala. Tinha ido para a casa da moça com a mala pronta.

— Mas uma coisa eu não entendo — interrompeu Fazio. — Por que o próprio Giovanni puxou o assunto do roupão com a gente?

— Veja só, Strangio deixa o roupão no porta-malas do carro quando chega a Punta Raisi. Não jogou fora no caminho para o aeroporto, como jogou o estilete, porque um roupão achado com manchas de sangue despertaria o interesse da polícia ou dos carabineiros. E também não tinha tempo de parar para enterrar. Encarrega o filho de dar sumiço nele, assim que chegar a Palermo. E o rapaz tira o roupão do porta-malas do carro do pai e põe no seu. Mas não se livra dele.

— Por quê? — perguntou Fazio.

— Porque, talvez pela primeira vez na vida, percebe que está arriscando demais para obedecer ao pai. Aquele roupão, em último caso, pode ser a salvação dele. E, quando percebe que, de todos os advogados prometidos pelo pai, não se via nem sombra, começa a tomar suas precauções. Por isso fala do roupão.

Sorri para Fazio:

— Quer apostar que eu tenho razão?

— Eu já disse: não aposto quando tenho certeza de perder. As chaves da garagem estão com vossenhoria?

— Estão, vamos lá dentro que eu dou.

— Me dá também uma sacola grande de plástico para botar o roupão dentro.

* * *

Montalbano e Augello se serviram de uísque. Para ir e voltar, Fazio levou uns vinte minutos.

— Está lá no carro. O que eu faço com aquilo?

— Leve para o comissariado e tranque. E agora, já que a gente está por aqui, vamos cuidar de outra história, a do supermercado.

Dezesseis

— A propósito — disse Mimì. — Estou aqui me perguntando quem poderia ter mandado aquela gravação para a "Retelibera". Talvez...

Fazio ficou olhando para as pontas dos sapatos.

— Não mandei, levei pessoalmente — disse Montalbano.

Augello deu um pulo na cadeira.

— Você?! Mas como conseguiu?

— Achamos por acaso, Fazio e eu, na outra noite, quando estivemos no supermercado.

— E que o que vocês foram fazer lá?

— Pra dizer a verdade, eu não tinha nenhuma ideia precisa.

— Mas por que não entregou o gravador ao promotor público?

— Mimì, raciocine. Em primeiro lugar, porque entramos no supermercado ilegalmente. Em segundo lugar, porque o promotor público diria que, antes de dizer o que fazer, falaria com o procurador-chefe, depois com o procurador provincial, depois com o bispo, depois com o embaixador americano e para concluir ia comunicar que a gravação não tinha valor de prova num processo e por isso precisava ser destruída.

Mimì não replicou. E Montalbano pôs os dois a par das suposições que tinha levantado. Isto é: que a conversa anterior à chegada de Mimì talvez se referisse ao roubo.

— Vamos ouvir — disse Augello.

— O gravador eu deixei com o Zito, mas esta noite os ladrões entraram na sede da "Retelibera" e a única coisa que roubaram foi exatamente o gravador... Mas eu tinha pedido ao Zito que fizesse uma cópia, que ainda está com ele. Em compensação, tenho aqui as transcrições feitas por Catarella.

Entrou em casa, pegou as folhas, escolheu a que tinha por título "Conversa com alguém que não se entende" e voltou para a varanda. Antes de começar a ler em voz alta, o comissário deu uma olhada rápida. E logo entendeu que as duas pessoas não tinham conversado pessoalmente, mas por telefone. Borsellino devia ter ligado o gravador de um modo que também pegasse a voz do homem que estava do outro lado da linha. Borsellino começava.

— *Pronto? Aqui é Guido.*

— *Já disse pra não me ligar neste número.*

— *Desculpe, mas é uma emergência.*

— *Diga, mas rápido.*

— *Essa noite roubaram o dinheiro do supermercado que eu...*

— *Sim, sim, continue.*

Aqui Borsellino ficou ligeiramente atrapalhado.

— *Desculpe, mas...*

— *Fale, pelo amor de Deus!*

— *Mas como é que o senhor...*

— *Continue, força!*

— *Queria saber o que eu devo fazer.*

— *E é a mim que você pergunta?*

— *E a quem mais seria, já que o senhor é...*

— *Escute, faça o que achar melhor.*

— *Posso chamar a polícia?*

— *Faça o que achar melhor, já disse.*

E aí acabava a conversa. Montalbano, Augello e Mimì ficaram sem palavras, olhando-se espantados e estupefatos.

— Por favor, doutor, pode ler de novo? — pediu Fazio, recobrando-se.

O comissário leu tudo de novo, quase soletrando. Depois, depositou a folha na mesinha e disse:

— Ao contrário do que contou para a gente, Borsellino avisou alguém do roubo. E essa pessoa logo deu um chega pra lá nele. Não estendeu a mão, deixou que ele se afogasse. O mais importante para nós é que Borsellino não era cúmplice do ladrão, como sempre achamos. E mais: quem fala com Borsellino já sabia do roubo antes de o gerente comunicar. Concordam?

— Sim — disse Augello. — Mesmo não dizendo abertamente que já estava a par do roubo.

— As palavras dele escaparam na pressa, mas Borsellino entendeu perfeitamente que o outro estava sabendo. Nesse momento, ele deve ter farejado a armadilha.

— Mas, se era inocente, por que começou a chorar na nossa frente? — perguntou Fazio.

— Exatamente por isso. Porque entendeu que o roubo era uma farsa para ele ficar comprometido perante os Cuffaro. Ele estava desesperado, fez de tudo para ser preso, era o único jeito que sobrava de se salvar, e nós não percebemos, deixamos ele nas mãos dos assassinos.

— Mas nós não podíamos imaginar que... — começou Augello.

— Nada disso, Mimì, não há justificativa. Errei em tudo aí. Nós devíamos ter levado em conta aquilo que você disse, Fazio.

— O que eu disse?

— Esqueceu? Você disse que achava sem cabimento dois assassinatos para encobrir o autor de um roubo de menos de vinte mil euros. A história de fato deve ser bem mais cabeluda.

— E agora, o que fazemos? — perguntou Augello.

— Agora vamos tentar pensar de cabeça fria — afirmou Montalbano. — Uma coisa é certa. A intenção de quem arquitetou o caso era fazer de tudo para parecer que Borsellino era cúmplice do ladrão e achou melhor se suicidar porque a gente suspeitava dele. Portanto, queriam matá-lo, mas sem levar a pensar em homicídio. Acontece que a máfia costuma matar e pronto, sem precisar montar teatro. Nesse caso existe uma direção de cena refinada. Se tiverem sido os Cuffaro, eles foram orientados por uma mente mais sutil. De qualquer jeito, a pergunta é: o que Borsellino tinha feito ou dito para merecer ser condenado à morte? Fazio, você sabe desde quando ele era gerente do supermercado?

— Desde que abriu, faz três anos.

— Portanto se trata de alguma coisa que aconteceu recentemente. Seria preciso saber o que aconteceu.

— Vou tentar — disse Fazio.

Mimì se levantou.

— Preciso ir pegar minha mulher e levar ao cinema.

— Também vou indo — anunciou Fazio.

— Ah, escute, Fazio. Você tem os números de telefone de Michele Strangio?

— Aqui não. Assim que chegar ao escritório eu lhe dou.

Uns quinze minutos depois Montalbano recebeu os números.

Continuou sentado na varanda contemplando o crepúsculo. E, depois do crepúsculo, contemplou também a primeira escuridão da noite. Em seguida saiu porque, como era domingo, Adelina não tinha ido trabalhar e ele precisava comer fora.

Mas tinha vontade de variar, por isso foi àquele restaurante à beira-mar em Montereale, onde serviam à vontade uns antepastos maravilhosos. Enquanto comia, não fez outra coisa que não fosse pensar em Michele Strangio, o senhor governador da Província. O filho nunca diria a verdade, por isso o pai se sentia seguro e deixaria, tranquilamente, que o rapaz fosse preso. E ele, Montalbano, ficaria quieto diante de uma história tão torpe, tão asquerosa? Não, era preciso tirar o bicho brabo da toca, trazer esse bicho para a luz do dia.

Voltou para Marinella e já passava das onze horas, tirou a roupa, ficou à vontade, sentou em frente ao televisor, zapeou até meia-noite e então sintonizou na "Televigata". A cara de cu de galinha estava em ação.

> *... na redação a notícia de que o superintendente Bonetti-Alderighi tirou o comissário Montalbano da investigação do assassinato de Mariangela Carlesimo e a passou para o doutor Silvio Rasetti. A substituição atendeu a pedido do promotor público Tommaseo, que acabou entrando em forte oposição com o comissário Montalbano. Parece que este último não está convencido da culpa de Giovanni Strangio, que hoje à tarde foi preso sob a acusação de homicídio doloso com agravante. Só podemos aplaudir a substituição do comissário Montalbano e o mandado de prisão que o doutor Tommaseo emitiu prontamente, demonstrando assim que a justiça nunca deve tomar precauções, nem políticas, quando diante de um homicídio que...*

Desligou. Já havia tomado a decisão. A notícia da prisão de Giovanni Strangio tinha servido para lhe dar o último empurrão. Mas que acabaria agindo desse jeito era coisa que ele sabia desde a tarde, depois da história do roupão. O que estava planejando fazer decerto não era coisa de homem honesto. Então como é que você tira a merda do meio do caminho se não tem pá e saco de lixo? Vai precisar tirar com as mãos, e elas vão ficar emporcalhadas.

Porém, o que ele planejava fazer não podia ser feito do telefone de casa, perigoso demais. Vestiu-se de novo, pegou um pregador de roupa do armário, um pedaço grande de miolo de pão na cozinha e, da caixinha de primeiros socorros, tirou um punhado de algodão e um rolinho de gaze. Enfiou tudo no bolso, saiu, entrou no carro, chegou ao bar de Marinella que tinha o telefone numa salinha fora das vistas dos fregueses. A porta estava abaixada pela metade. Seu dia de sorte, o bar estava fechando. Entrou encurvado.

— Michè, preciso dar um telefonema e o meu telefone não está funcionando.

— Fique à vontade, o bar está fechado.

E, discreto que era, foi lá fora tomar ar.

Montalbano pôs o prendedor no nariz, experimentou falar, a voz saía fanhosa.

Discou o número de casa de Michele Strangio. Ele já devia ter voltado de Nápoles e, se não tivesse, ele ligaria para o celular. No sexto toque uma voz masculina, autoritária e irritada, atendeu.

— Pronto? Quem está falando?

— É o professor Strangio, Michele Strangio, governador da Província?

— É.

— Pode me dar seu endereço?

O outro pegou fogo, feito palha.

— E o senhor telefona a essa hora para pedir?... Quem lhe deu essa liberdade?! Quem está falando!

— Queria lhe mandar uma carta anônima.

— Mas me faça... Se é uma brincadeira, cuidado porque...

— Uma carta anônima sobre um roupão sujo do seu sangue e de Mariangela Carlesimo.

Strangio não respondeu. Com o golpe, deve ter ficado sem fôlego. Montalbano desligou. Tirou o prendedor do nariz, pegou o pedaço de pão, enfiou na boca, discou o mesmo número. Dessa vez falou em dialeto.

— Pronto? Quem é?

A voz de Strangio estava mudada, agora tremia.

— Alô? Aqui é um amigo daquele cara que te ligou antes. E aí, o que é que a gente faz com o roupão?

E desligou. Foi até o balcão, cuspiu o pão, pôs o punhado de algodão na frente da boca e se enfaixou com gaze para segurar. A múmia de Tutancâmon. Discou o mesmo número. Strangio atendeu na hora.

— Pelo amor de Deus, eu lhe suplico...

— Quanto está disposto a pagar?

— Tudo o que quiser, três milhões, quatro...

— Seu escroto, eu não estava falando de dinheiro, mas de anos de prisão.

Encerrou a ligação. Tirou a gaze e o algodão e pôs tudo no bolso.

Saiu, agradeceu a Michele, voltou para Marinella. Em casa, se aprontou para deitar. Era certo que dormiria muito bem. Como também era certo que Michele Strangio passaria uma noite infernal.

* * *

Um pouco antes das nove estava no escritório, lépido, tranquilo e descansado.

— Catarè, faz uma cópia disto — disse, entregando a folha com a transcrição do telefonema de Borsellino com o desconhecido. — Mas tira o título que você pôs, conversa com alguém que não se entende. E depois arranja um envelope endereçado para mim, mas sem timbre nem remetente.

Catarella ficou apalermado.

— Entendi nada, dotor.

Montalbano levou dez minutos explicando o que queria, mas cinco minutos depois tinha o que queria em cima da escrivaninha.

— Ligue para o senhor e subrintendente.

O envelope estava aberto, dentro havia uma carta de um fulano que denunciava a mulher de lhe botar chifres. Tirou essa carta e, no lugar dela, enfiou a folha dobrada em quatro com a conversa de Borsellino. Pôs o envelope no bolso. O telefone tocou.

— Aqui é Montalbano, senhor superintendente. Precisaria urgentissimamente de uma conferência com vossa pessoa.

Conferência ia bem, vossa pessoa talvez fosse um tantinho exagerado.

— Eu também preciso lhe dizer algumas coisas, venha logo.

— Vencemos! — exclamou o superintendente assim que o viu entrar.

— Em que sentido exatamente?

— No sentido de que agora há pouco veio aqui falar comigo o deputado Mongibello. Por iniciativa própria. Logo pediu desculpas. Afirmou que tinha cometido um equívoco. Que estava mal informado. Que quer reparar tudo o que disse a nosso respeito. Que, através do jornalista Ragonese, vai fazer uma espécie de retratação pública.

— Então não vai apresentar a interpelação parlamentar?

— Garantiu que não seria mais o caso.

Agora vinha o mais importante. E era preciso andar pisando em ovos.

Ficou sisudo.

— Mas com Mongibello infelizmente se abre outra frente — disse com voz preocupada.

O superintendente logo ficou mais preocupado que ele.

— Ô meu Deus! Vai começar tudo de novo?

— Acho que pior. Senhor superintendente, cometi um erro gravíssimo.

— Em relação à investigação do supermercado?

— É. O senhor sabe que eu sempre achei que Borsellino tinha sido assassinado por ser cúmplice do roubo. Pois é, estava errado.

— Mas o que o senhor tem nas mãos para afirmar que...

— Uma carta anônima, senhor superintendente. Não é exatamente uma carta, mas a transcrição de uma conversa telefônica entre Borsellino e um desconhecido, talvez um dos Cuffaro.

Tirou o envelope do bolso, puxou a folha e a entregou ao superintendente, que leu e devolveu.

— Como está vendo, senhor superintendente, conclui-se claramente que Borsellino não sabia nada do roubo.

— Tem ideia de quem possa ter enviado isso aí?

— A mesma pessoa que mandou a gravação para a "Retelibera".

— Mas quem garante que essa transcrição corresponde a uma verdadeira conversa?

— Os ladrões, senhor superintendente.

— Que ladrões?

— O senhor talvez não tenha conseguido ver a denúncia. Sábado à noite uns desconhecidos penetraram na sede da "Retelibera" e roubaram o gravador, o mesmo que continha as conversas transmitidas pela tevê. Estou convicto de que esse telefonema gravado vinha pouco antes da nossa chegada ao supermercado.

— Que seja, mas sem o gravador não temos uma prova de verdade nas mãos. Mas me explique o que o deputado Mongibello tem com isso.

Era a única coisa que importava para o superintendente, e Montalbano lhe satisfez.

— Senhor superintendente, o ponto de partida de toda a história é o roubo ao supermercado. O ladrão entrou usando uma chave que ficava com o conselho de administração da empresa proprietária do referido supermercado. Acontece que o presidente do conselho de administração e da própria empresa é o deputado Mongibello, enquanto os Cuffaro são testas de ferro. A meu ver, ele está metido nessa história até o pescoço.

Bonetti-Alderighi começou a praguejar em voz baixa, se levantou, deu uma volta pela sala, voltou a se sentar, levantou de novo, deu metade da volta e se sentou.

— Calma, Montalbano, calma — disse.

— Estou calmíssimo — assentiu o comissário.

— É preciso saber onde vai pôr os pés.

— Andar pisando em ovos? É o que estou fazendo.

— É preciso cuidado, muito cuidado.

E Montalbano, hipócrita e disciplinado:

— Estou de pleno acordo, senhor superintendente.

O superintendente suava a olhos vistos. O telefone tocou. Bonetti-Alderighi, à medida que ouvia, ia ficando cada vez mais parecido com um cadáver.

O que será que estavam contando pra ele? Aí ele disse:

— Estou indo.

E desligou. Puxou um lenço, enxugou o suor.

— O governador da Província, o professor Michele Strangio, matou-se com um tiro. Foi encontrado agora de manhã pela doméstica. Deixou uma carta que inocenta o filho. Foi ele que matou aquela estudante.

Montalbano ficou imóvel, completamente aturdido. Foi então que na cabeça do superintendente, quando olhou para ele, brotou a pergunta mais inteligente que ele já havia feito na vida.

— O senhor... suspeitava do governador, não?

Montalbano conseguiu se levantar e assumir a pose de homem ofendido.

— Mas o que é que está dizendo? Se eu tivesse suspeitado o mínimo que fosse, me sentiria no dever de logo pôr o senhor a par... A testemunha falou de um homem de trinta anos...

— Preciso ir — disse o superintendente, saindo da sala.

Montalbano se sentou de novo. Não dava para andar, estava com as pernas bambas. Não tinha imaginado que seus telefonemas surtiriam aquele efeito. Tinha sido acusado falsamente de induzir um homem ao suicídio e agora que, de algum modo tinha de fato induzido outro, nunca seria acusado por ninguém. Mas talvez fosse melhor assim para todos.

Chegando à frente da "Retelibera", estacionou e entrou. A secretária não sorriu, tinha cara de preocupada.

— O doutor Zito não está. Foi levado por dois carabineiros. Disse que chamasse o advogado Sciabica, eu chamei.

— Sabe do que está sendo acusado?

— Sei. O advogado telefonou cinco minutos atrás. O juiz não acredita que os ladrões entraram aqui, afirma que o doutor Zito simulou o roubo para não entregar o gravador.

— Sabe quem é o juiz?

— Sei. Armando La Cava.

Coitado do Zito! Pior que isso, impossível! La Cava era um calabrês com cabeça de calabrês, quer dizer, quando encasquetava com uma coisa, não mudava de ideia por nada, nem que Jesus Cristo lhe aparecesse em pessoa.

— Quando tiver alguma novidade, me liga no comissariado.

Com a notícia do suicídio de Michele Strangio, tinha perdido a vontade de voltar ao escritório. Foi em direção a Vigata, mas em certo ponto fez meia-volta, pegou a rua dei Templi e começou a andar no meio dos turistas japoneses que fotografavam qualquer coisa, até capim. O longo passeio lhe despertou o apetite. Então, vendo que estava mesmo na hora, foi para o restaurante do Enzo. Comeu sem se empanturrar, mas fez o passeio até o cais do mesmo jeito de sempre. Quando chegou ao comissariado, Augello e Fazio estavam à sua espera.

— O que é que você tem a ver com o suicídio de Strangio? — perguntou Mimì antes de mais nada.

— Eu?! Que ideia é essa? O que é que eu teria a ver?

Fazio olhou para ele, sem dizer nada. Mas estava claro que não tinha engolido.

— O que vamos fazer com o roupão? — perguntou.

— Por enquanto deixe aí. Se, na carta que deixou, Strangio não falar do assunto, a gente dá um sumiço nele. Vamos retomar de onde paramos ontem?

— Doutor, nem voltei para casa, estou sem comer — disse Fazio.

— O que aconteceu?

— Aconteceu que fiz uma pergunta e recebi meia resposta que foi pior que uma bomba.

Montalbano e Augello empinaram as orelhas. Mas Fazio era mestre na arte do suspense. O comissário decidiu não insistir, deixar que ele se divertisse com o jogo, como recompensa por não ter ido comer.

— Como assim? — perguntou Augello, menos generoso que Montalbano.

— Duas pessoas mencionaram de má vontade uma coisa que ninguém comenta.

Fez outra pausa artística e depois disparou.

— Parece que Borsellino foi sequestrado.

Montalbano e Augello ficaram abobalhados.

— Sequestrado?! — exclamaram em coro, pasmados.

Fazio se divertia com o sucesso que estava fazendo.

— Sabe por quanto tempo ficou sequestrado? — perguntou Montalbano.

— Quatro dias.

— Sequestro relâmpago — comentou Augello.

— Mimì, de vez em quando você faz umas descobertas que nem Einstein!

— Modéstia à parte.

— Foi pago algum resgate?

— Dizem que sim.

— Pediram a quem?

— Aos Cuffaro.

— Aos Cuffaro?!

— Doutor, e a quem mais pediriam? Borsellino não tinha família e acho que não tinha muito dinheiro.

— E os Cuffaro?

— Parece que pagaram uma grana alta sem a menor discussão.

— Naturalmente, tomaram o cuidado de não apresentar queixa, nem a nós nem aos carabineiros.

— Naturalmente.

— Existe alguma hipótese sobre os possíveis autores do sequestro?

— Num primeiro momento, culparam os Sinagra, mas eles conseguiram demonstrar que não tinham nada a ver com aquilo.

— Vai saber como conseguiram — comentou Mimì.

— Mafioso com mafioso pescam as coisas no ar — disse Montalbano.

— E aí?

— E aí que não se sabe quem foi.

— Vai ver uns desesperados que tentaram um belo golpe e se deram bem — arriscou Mimì.

— Escute, mas essa pessoa contou como aconteceu a coisa?

Dezessete

— Doutor, só estou repetindo o que se comenta por aí. Naquela noite, Borsellino recebeu um telefonema convocando para uma reunião do conselho de administração às nove horas daquela mesma noite. No escritório estava um fornecedor que depois contou a história a uns amigos. Diz também que Borsellino começou a xingar, porque a convocação não tinha sido avisada com antecedência, e ele não estava com os papéis prontos. Ele, Borsellino, depois contou que estava voltando para casa, tarde da noite, porque a reunião do conselho tinha demorado muito, quando um carro parou do lado dele. Dois homens desceram, ele foi agarrado e obrigado a entrar no carro, que saiu em disparada. Depois puseram um chumaço de algodão no nariz dele, e ele dormiu.

— Não viu a cara deles, enquanto estava sendo rendido?

— Diz que foi exatamente num lugar onde a luz da rua estava queimada.

— E quando acordou?

— Não viu nada. Tinha um lenço amarrado nos olhos e as mãos amarradas atrás das costas. Os pés também estavam amarrados. A única coisa que ouvia era cachorro e ovelha.

Devia ser uma casa na zona rural. Depois, no quarto dia, puseram de novo o algodão no nariz dele, e ele acordou na entrada de Vigata.

— Você acredita nesse rapto? — perguntou Montalbano.

— Sim e não. Com Borsellino, a única coisa certa é que está morto.

— Pra mim essa história não faz sentido — disse Montalbano. — Supondo que esse sequestro tenha acontecido.

— Vou tentar me informar melhor — prometeu Fazio.

— Explique por que não faz sentido — pediu Mimì.

— Primeiro, a modalidade do sequestro. Como é que os sequestradores sabiam que Borsellino tinha uma reunião do conselho de administração naquela noite? Segundo: que interesse tinham os Cuffaro em pagar uma grana alta pra libertar Borsellino? É parente próximo deles? Não. Até prova em contrário, ele era um simples gerente de supermercado. Mas eles pagam sem discutir.

— E como você explica isso? — perguntou Augello.

— Tenho uma ideia. Precisaria saber quem era a mulher de Borsellino.

— Já feito — disse Fazio.

— Mas é claro! — deixou escapar o comissário.

Fazio olhou para ele espantado.

— Nada, nada, desculpe, vá em frente.

— Posso tirar um papel do bolso?

— Tem minha vênia — disse o comissário entre dentes.

Fazio puxou meia folha dobrada, abriu, começou a ler.

— Caterina Fazio...

— Parente sua? — perguntou Montalbano.

— Não, senhor. Caterina Fazio, filha de Paolo Fazio e Michela Giummarra, falecidos, nascida em Ribera em 3 de abril de 1955, casada com Guido Borsellino. Óbito por parada cardíaca em Vigata no dia 7 de junho de 2001.

Dobrou de novo a folha e pôs no bolso.

Montalbano ficou com raiva.

— Mas estou cagando pra data de nascimento e de falecimento! Queria saber se era parente dos Cuffaro!

— Nenhuma relação de parentesco — declarou Fazio, tranquilo.

— Então, se os Cuffaro pagaram um resgate alto por alguém que não era parente deles, nem de longe, por que fizeram isso?

— Vai ver que gostavam do Borsellino — concluiu Mimì.

Montalbano não o considerou digno nem de um olhar.

— A única resposta possível é que Borsellino não era um simples empregado, mas alguma coisa mais. E o que podia ser? Fazio, parece que você disse que quem pôs o Borsellino no supermercado foi o deputado Mongibello. Mas o que ele fazia antes?

— Era contador dos Cuffaro nuns negócios que eles tinham em...

O sonho com o filme americano voltou à sua memória, e ele enxergou, fulgurante na magia do cinemascope, como dizia uma propaganda antiga, a cena da captura do contador de Al Capone. Ele havia sonhado aquilo, evidentemente, porque no seu íntimo aquela suspeita fazia tempo estava enfurnada, lá bem fundo, sem vir à tona.

— O contador! — berrou, ficando em pé num pulo, com os olhos esbugalhados.

Fazio olhou para ele e uma ruga despontou no meio de sua testa. Mimì Augello, no entanto, voltou a rir.

— Calma, Salvo! Por que tudo isso? Contador não é uma espécie extinta, uma raridade. Borsellino era contador, e daí?

— Mimì, você não entende picas de nada!
— Eu entendi — disse Fazio.
— Então explique você ao senhor subcomissário enquanto vou fumar um cigarro.
Fumou à janela e, quando acabou, voltou e se sentou.
— Se entendi bem, você acha que Borsellino podia ser o contador geral e único de todos os negócios dos Cuffaro? — perguntou Augello.
— É só uma hipótese, Mimì, mas precisaria ser verificada. E seria a única explicação para os Cuffaro terem pagado o resgate. Não podiam se arriscar a perder alguém tão importante para eles, alguém que conhecia todos os segredos deles.
— Um momento — rebateu Augello. — Mas, se Borsellino era tão importante, por que mandaram matá-lo depois de uns meses, montando todo aquele teatro do roubo ao supermercado?
— Porque, evidentemente, aconteceu alguma coisa para não confiarem mais nele — respondeu Montalbano.
— E por quê? Que motivo de suspeitas Borsellino teria dado?
A pergunta de Augello ficou algum tempo sem resposta.
Depois o comissário, que sentia o cérebro superaquecido, de tanto funcionar, disse:
— Talvez por causa do próprio sequestro.
— Explique melhor.
— Talvez o raciocínio dos Cuffaro tenha sido igual ao meu. Vai ver que se perguntaram como é que os sequestradores podiam saber que naquela noite Borsellino participaria de uma reunião do conselho. Fazio acabou de dizer que se tratava de uma convocação extraordinária, tanto que Borsellino não estava com os papéis prontos. Quem avisou os sequestradores?
— Alguém do conselho de administração? — disse Mimì.

— Eu não diria, porque a esta hora o cúmplice já teria sido identificado e morto a mando dos Cuffaro. Fazio, está sabendo se algum membro do conselho foi eliminado?

— Não senhor, estão todos vivos.

— Talvez... — começou Montalbano, parando de repente.

— Talvez? — instigou Augello.

Mas o comissário estava perdido atrás de um pensamento. Tudo ficou em silêncio. E o telefone aproveitou para tocar.

— Dotor? Na linha do talifone está a senhorita secretária do dotor Mito dizendo que ele voltou agorinha mesmo.

Montalbano desligou e se levantou.

— Venham comigo. Vamos à "Retelibera" no carro de Fazio.

— Você não faz ideia que cara nojento é esse La Cava! — disse Nicolò Zito. — É um cão que não larga o osso! Não havia santo que convencesse que eu não tinha simulado o roubo! Ainda bem que o meu advogado é muito bom, senão a esta hora eu ainda estava lá!

— Você tem aí a cópia do gravador?

— Vejo que você está muito interessado nos meus problemas. Obrigado. Claro que tenho a cópia. Carreguei comigo o tempo todo, até lá no juiz. Mandei fazer cópia para um gravador normal, porque o digital você nunca vai saber usar.

— Não seja por isso, porque não sei usar nem o normal.

Zito tirou do bolso um cassete minúsculo e entregou a Montalbano.

— Posso te pedir outro favor? — perguntou o comissário.

— Pode, contanto que eu não acabe de novo na frente de La Cava.

— Podemos ouvir agora nós dois juntos essa gravação?

— Posso tirar uma hora. Mas preciso preparar a matéria do suicídio de Strangio. É a notícia do momento e tenho três cinegrafistas trazendo material. Mas o que é que tem aí de tão importante?

— Um telefonema entre Borsellino e um desconhecido antes da chegada de Augello. Queria que você também ouvisse.

Zito pegou um gravador da gaveta, inseriu nele o cassete, avançou e retrocedeu até ouvir a voz de Borsellino dizendo:

— *Pronto? Aqui é Guido.*

— É essa — disse Montalbano, que tinha lido e relido aquilo.

Ouviram em silêncio.

— Posso ouvir de novo? — perguntou Zito.

Ouviu com muita atenção e disse:

— É evidente que o homem a quem Borsellino comunica o roubo já sabia o que tinha acontecido. Ele se denuncia sem querer.

Ficou um tempinho pensando.

— Vocês vão ficar bravos se eu quiser ouvir outra vez?

— Por quê? — perguntou Montalbano.

— Depois eu digo.

No fim, Zito se levantou.

— Vem aqui comigo.

Os quatro foram para uma sala atulhada de cassetes de vídeos. Zito procurou bastante tempo, escolheu um, pôs o cassete num gravador que estava ao lado de um monitor, mas Montalbano o reteve.

— Nicolò, se você me disser que vai me mostrar uma entrevista com um deputado, juro que te dou um abraço e um beijo.

— Como adivinhou? — perguntou Zito sorrindo.

Montalbano lhe deu um abraço e um beijo. Era exatamente o que ele esperava.

Bastaram dez minutos e ninguém tinha mais dúvidas. A voz desconhecida do telefonema com Borsellino era do deputado Mongibello.

— Me faça um favor — disse Montalbano a Fazio quando saíram. — Leva o Mimì de volta e depois vai me buscar na frente da superintendência.

Levou dez minutos para chegar a pé à frente da loja que estava procurando.

— Queria um celular barato.

— Chegou na hora certa. Temos uma promoção, plano pré-pago de dez euros.

Abriu a vitrine, pegou o celular, mostrou.

— Custa só trinta euros.

— Está bom.

— Um documento, por favor — pediu o vendedor.

Montalbano se atrapalhou. Não sabia que era preciso um documento. O vendedor percebeu.

— Não tem carteira de identidade?

— Tenho, mas deixei no carro, que está estacionado longe. Deixa quieto.

Mas o vendedor não queria perder o freguês.

— Se pelo menos souber de cor o número da carteira de identidade...

— Ah, isso sim — improvisou Montalbano. — Carteira de identidade número 23456309 emitida pelo Comune de Sicudiana em nome de Michele Fantauzzo, via Granet 23, Sicudiana.

O vendedor anotou os dados.

— Pode explicar como funciona?

Depois de receber as explicações, pagou e saiu, pondo o aparelho no bolso esquerdo. No outro, estava o gravador emprestado por Zito, cujo funcionamento, depois da décima explicação, ele tinha preferido escrever num papelzinho. E saiu correndo para a superintendência.

A primeira coisa que fez em Marinella foi pegar a lista telefônica, procurar um número e anotar num papel.

Foi para a cozinha. Adelina tinha preparado uma salada de arroz com vôngole, mexilhões e pedacinhos de polvo. O segundo prato era uma fritada de lula e camarão. Aprontou a mesa na varanda e se regalou.

À espera de chegar pelo menos a meia-noite, sentou na poltrona e ligou a tevê. Estava sendo exibido um filme com Alberto Sordi; ele assistiu durante um tempinho, depois passou para a "Televigata". O cu de galinha estava acabando de falar:

... não deixou uma carta, deixou um bilhete que conseguimos ver. Nele só estão as seguintes palavras: "Meu filho Giovanni não matou Mariangela Carlesimo. Quem matou fui eu. Fazia tempo eu era amante dela. Tivemos uma discussão e eu perdi a cabeça." Aí vem a assinatura. Agora nos sentimos no dever de esclarecer por que durante tanto tempo estivemos convencidos da culpa de Giovanni, o filho. Esse jovem que...

Desligou e saiu para a varanda com uísque e cigarros. Quer dizer que Michele Strangio não mencionou os telefonemas nem o roupão. No dia seguinte mandaria Fazio dar um sumiço nele.

Mas o que ele estava pensando em fazer lhe dava algum desconforto. Quando ouviu do superintendente a comunicação do suicídio do governador, ele se sentiu invadido por um profundo sentimento de culpa. Mesmo sendo indiscutível que a intenção dele não era forçar o homem a se matar, mas botá-lo contra a parede para ele dar um passo em falso, mesmo assim aquela morte, naquela hora, pesava. Depois pensou que podia não ter nada a ver com a morte de Strangio. O que tinha falado com ele era uma voz na noite, anônima. Uma voz na noite que poderia perfeitamente ser a voz da sua consciência. Era uma justificativa um bocadinho forçada, um bocadinho hipócrita, é verdade, mas para um jesuíta seria perfeita. Além disso, por que tanto escrúpulo com gente que não tinha a menor ideia do que era isso e só pensava em escapar da punição tirando proveito do poder político? Não, ele faria, sim, o que já estava decidido. E, se aquilo tinha funcionado da primeira vez, também funcionaria na segunda. Já era meia-noite e meia. Montalbano se levantou, chegou perto do telefone, pegou o celular e discou o número de sua casa. O telefone tocou. Feliz com o sucesso da tentativa, passou a se dedicar ao gravador, sempre consultando o papelzinho com as instruções. Essa segunda tentativa também deu certo. Então ele pegou no armário o pregador de roupa de sempre, apertou com ele o nariz e, do celular, ligou para o número que tinha escrito antes num papel.

— Pronto, quem é? — perguntou a voz do deputado Mongibello.

Sem responder, Montalbano pôs a fita para rodar, mantendo o fone bem perto dela. Quando a gravação acabou, ele disse:

— Gostou? Não adiantou nada mandar roubar o gravador!

— Quem está falando? Está querendo o quê?

— Não sacou o que que eu quero?

— Fale claro.

— Quando eu tiver vontade de falar claro, eu aviso.

Desligou antes que o outro conseguisse reclamar. Foi para baixo do chuveiro, e depois se deitou.

Dormiu direto e, quando acordou, passava das nove.

— Catarè, manda o Fazio ir falar comigo — disse, entrando em sua sala.

— Impossibilitado estou, dotor, porque o mesmo não se encontra no local.

— Sabe aonde foi?

— Sei sim, dotor, hoje de manhã ele veio, depois saiu de novo e, no que que estava passando aqui pela frente enquanto ia passando pela minha frente, falou que tinha sido chamado em Montelusa pela referida subrintendência.

E o que podiam querer de Fazio na superintendência?

— Augello está?

— Não senhor, telefonou que ia se atrasar.

— Então substitui os dois e vem aqui no meu escritório.

— Imediatissimamente, dotor.

Tinha acabado de sentar, ele entrou.

— Fecha a porta à chave e senta.

Catarella fechou a porta e ficou em posição de sentido na frente do comissário.

— Falei pra sentar.

— Não posso, dotor, minhas pernas se arrecusam por respeitação a vossinhoria.

— Então fica em posição de descansar, senão parece que estou falando com um boneco.

Catarella se pôs na posição regulamentar de descansar.

— Tudo o que eu vou dizer agora precisa ficar só entre nós dois.

Catarella cambaleou.

— Está com tontura?

— Uma ligeira vertigem foi, dotor.

— Está se sentindo bem?

— É que vossinhoria e eu a gente ter um segredo me dá vertigem.

Montalbano fez as perguntas que precisava. Catarella explicou tudo o que ele devia fazer. O comissário lhe deu dinheiro e mandou comprar o que vinha ao caso e levar tudo para Marinella, porque Adelina ainda estava lá.

Fazio voltou perto das onze, com uma cara tão fechada que Montalbano ficou preocupado.

— Que foi?

— Hoje de manhã o vice-superintendente Sponses me chamou.

— Quem é esse?

— O funcionário que cuida do antiterrorismo.

— Ixe, que amolação! Estão querendo envolver a gente em alguma coisa?

— Não senhor. Me desaconselhou de continuar cuidando do sequestro de Borsellino.

Fazio, que esperava uma reação violenta do comissário, ficou bem surpreso: Montalbano estava sorrindo.

— Diga exatamente o que ele disse.

— Disse que tinha ficado sabendo que eu estava saindo por aí, fazendo perguntas sobre aquele sequestro, e me proibiu de continuar.

— Você perguntou por quê?

— Sim senhor. Respondeu que era melhor deixar a coisa cair no esquecimento. Que o suicídio de Borsellino tinha impedido a conclusão de um assunto lá e por isso, quanto menos se falasse disso, melhor.

— Deixa ver se entendi. Sponses acha que Borsellino se suicidou?

— Eu tive a impressão que está convencido disso.

— Significa que Sponses não falou com o superintendente. E que a proibição é iniciativa autônoma da divisão antiterrorismo.

— Também acho isso. Mas vossenhoria precisa me explicar por que riu.

— Porque eu estava convencido de que os sequestradores de Borsellino eram os caras da divisão antimáfia, vai ver eram os homens da divisão antiterrorismo. A diferença não é pouca.

Fazio estava totalmente pasmo.

— Não estou entendendo nada.

— Olha só, Fazio, eu estava convencido de que quem podia ter interesse em sequestrar o Borsellino era o pessoal da antimáfia para se apoderar dos registros contábeis. Mas eu me perguntava, sem achar a resposta, como é que eles tinham conseguido saber que naquela noite Borsellino tinha uma reunião no conselho de administração.

— Mas a pergunta também fica sem resposta no caso de ele ter sido sequestrado pelo pessoal da divisão antiterrorismo!

— Só que não, a coisa muda. Suponhamos que Borsellino fique sabendo que algum dos Cuffaro tem contatos com terroristas. Com esses dá pra fazer bons negócios. Como, por exemplo, oferecer uma base segura de operações. Em compensação, o risco é maior do que com tráfico de droga, taxa de proteção ou propina. E, de fato, com essa iniciativa Borsellino se amedronta: uma coisa é acusação de fazer a contabilidade da máfia, outra coisa é ser acusado de cumplicidade com terroristas. Seja como for, a história chega ao conhecimento da divisão antiterrorismo. E, vai saber como, eles começam a pressionar o Borsellino. O Borsellino cede e resolve abrir o bico. Mas, pra isso, pede algum tipo de proteção, é preciso montar um teatrinho. A divisão antiterrorismo propõe um falso sequestro no momento conveniente. Esse momento vai ser indicado pelo próprio Borsellino. E ele, assim que é convocado pelo conselho, avisa Sponses. Durante esses quatro dias eles conversam e talvez entrem em acordo, mas Borsellino pede tempo pra achar o jeito de mostrar os papéis comprometedores. Eles dão o tempo. E o melhor da coisa é que, pra fazerem de conta que o sequestro é verdadeiro, pedem uma nota preta aos Cuffaro. Mas os Cuffaro, a certa altura, começam a desconfiar de Borsellino. Até que matam ele, dando a impressão de suicídio pra não deixar a divisão antiterrorismo de orelha em pé. Sponses, sem querer, fez um favor pra gente. Confirmou o que eu tinha pensado.

Não teve vontade de ir comer, estava nervoso demais. Mesmo assim, fez o passeio ao cais, no mínimo para se distrair um pouco. Às cinco para as três voltou ao comissariado.

— Comprou tudo? — perguntou a Catarella.

— Sim senhor, dotor, fui numa loja de Montelusa como vossinhoria queria e levei tudo o que comprei pra Marinella. Vou lhe dar o troco.

Quando Catarella saiu, ele se levantou e fechou a porta à chave. Voltou a se sentar e, pela linha direta, chamou o PABX da superintendência.

— O doutor Sponses, por favor. Aqui é Montalbano.

Para matar o tempo, recitou a tabuada do sete. No sete vezes nove, Sponses atendeu e não lhe deu tempo de abrir a boca.

— Escute, Montalbano, não temos o prazer de nos conhecer, mas se está telefonando por aquela questão do sequestro, vou logo dizendo que...

Foi grande a tentação de mandar o cara tomar naquele lugar. Mas precisava de Sponses como se precisa de pão.

— Estou telefonando por outro motivo. Podia me dar meia horinha?

— Espere um pouquinho, vou olhar. Estou um pouco ocupado. Amanhã de manhã às dez está bom?

— Está ótimo, obrigado.

Desligou e ligou para outro número.

— Nicolò? Aqui é Montalbano. Estou precisando de um favorzinho.

— Ô! Salvo, se meteu em alguma enrascada? O que quer?

— Se eu for aí você me entrevista?

— E você escreve as perguntas que eu vou ter de fazer?

— Acertou.

— E é capaz de você querer que ela seja transmitida no noticiário das oito e meia?

— Acertou outra vez.

— Vem às quinze pras sete em ponto.

Dezoito

— *Doutor Montalbano, nós o convidamos a vir aos nossos estúdios para que o senhor nos faça a cortesia de usar a sua argúcia de policial num caso de que fomos protagonistas. Como o senhor e nossos espectadores sabem, um desconhecido mandou para cá, há alguns dias, o gravador digital que pertencia a Guido Borsellino, gerente do supermercado de Vigata, no qual, entre outras coisas, estavam gravados os diálogos entre Borsellino e o subcomissário Augello e depois entre Borsellino e o senhor. Pusemos a gravação no ar. No entanto, naquela mesma noite, ladrões entraram em nossos escritórios e roubaram apenas, note bem, apenas, o gravador digital. Doutor Montalbano, a primeira pergunta é a seguinte: quem teria interesse em inocentar o senhor da acusação que lhe era feita, de ter induzido o pobre Borsellino ao suicídio?*

— Acho que a pergunta devia ser feita de maneira diferente. Quem tinha interesse em desmentir as pessoas que tinham divulgado as acusações contra mim e contra meu subalterno?

— *Faz diferença?*

— Muita. O envio daquele gravador não foi um gesto a meu favor, mas um ato de hostilidade contra quem defendia a tese do suicídio induzido.

— *E quem poderia ter mandado o gravador?*

— Antes quero dizer que minhas opiniões são pessoais. Em primeiro lugar, acredito tratar-se de pessoas próximas a Borsellino, sabedoras de que ele às vezes usava aquele gravador. Por isso acredito que haja uma espécie de, como dizer, de quinta-coluna que pretende tirar o máximo proveito do suposto suicídio de Borsellino.

— *Por que diz suposto suicídio?*

— Porque temos fortes dúvidas de que se tratou de suicídio.

— *O senhor pode fornecer algum elemento?*

— Lamento, mas a investigação está em curso.

— *Passamos a outra pergunta: na sua opinião, por que o gravador nos foi roubado?*

— Muito provavelmente porque aquele gravador continha outras gravações. Em alguma delas talvez estivesse a demonstração de que no suposto suicídio estão implicadas pessoas acima de qualquer suspeita. Em suma, a mão que mandou o gravador não é a mesma que o roubou. De qualquer modo, a mim esse roubo parece uma ação inútil e tola.

— *Por que diz isso?*

— Porque estou firmemente convencido de que quem enviou o gravador de Borsellino deve ter feito antes uma cópia de todas as gravações ali contidas. Não deve ter ficado de mãos vazias. É o típico modo de agir dos chantagistas.

— *O senhor acredita que, por causa do falso suicídio, exista a possibilidade de uma chantagem contra os mandantes?*

— É muito provável.

— *Agradecemos muito, doutor Montalbano, por ter aceitado o nosso convite e ter respondido às nossas perguntas.*

— Sou eu que agradeço.

* * *

Quando tomou o rumo de Vigata estava com vontade de cantar em voz alta. A entrevista, com aquele ir e vir, com aquele dizer e não dizer, na certa tinha dado alguma dor de cabeça aos Cuffaro. Mas também era certo que o deputado Mongibello tinha se assustado mais que todos, entendendo que entre as pessoas acima de qualquer suspeita, envolvidas no falso suicídio, ele também talvez tivesse sido incluído pelo comissário. Assim imaginaria estar entre dois fogos: de um lado, aquele que tinha ligado para ele, pondo a gravação para rodar, e do outro, a polícia. A essa hora, estava suando frio à espera do segundo telefonema do chantagista.

Voltou para o comissariado e se fechou com Catarella em sua sala.

— Me explica outra vez como é que eu ponho essa coisa pra funcionar.

Na segunda explicação, disse:

— Acho melhor escrever.

Escreveu tudo numa metade de folha que pôs no bolso.

Depois se mandou para Marinella; queria ouvir a entrevista.

Zito trabalhou bem: pôs a entrevista no ar no fim do noticiário, depois de unicamente anunciar no início. Na certa — e Montalbano tinha certeza disso —, entre os espectadores, estava o deputado Mongibello, que agora devia ter a cabeça bem quente.

Aprontou a mesa na varanda, se esbaldou comendo macarrão ao forno e peixe-espada, depois entrou e começou a procurar um bom filme.

Encontrou uma reprise de *Vício frenético* e assistiu até o final. Às onze e meia se levantou, tirou do bolso as instruções que tinha escrito no comissariado, leu duas vezes seguidas, depois pegou o gravador que tinha mandado Catarella comprar e ligou na corrente elétrica.

Em seguida abriu uma caixinha, também trazida por Catarella, e dela tirou o conteúdo. Tratava-se de um fio que de um lado tinha uma espécie de ventosa e, do outro, um plugue. Seguindo as instruções, ligou a ventosa ao celular e enfiou o plugue no gravador.

Agora a aparelhagem estava pronta, mas ele precisava experimentar para ver se funcionava, se havia feito tudo certo.

Ligou para Livia do celular e logo em seguida apertou o botão vermelho que tinha escrito embaixo "Rec".

— Oi, Livia. Liguei agora porque estou com um pouco de dor de cabeça e logo vou deitar.

Conversaram cinco minutos, depois se deram boas-noites.

Montalbano encerrou a ligação, apertou o botão que fazia a gravação voltar atrás e depois apertou o verde. E logo ouviu sua própria voz. Caralho! Tinha gravado! Milagre! Funcionava direitinho!

Foi lavar o rosto e depois se sentou de novo à mesa. Fechou os olhos por um momento para rememorar o que precisava fazer, todas aquelas coisas complicadas de gravador, câmeras, computadores não tinham nada a ver com ele. Levantou, pôs o pregador de roupa no nariz, sentou de volta, ligou para o número de Mongibello enquanto ligava o gravador.

— Pronto? — disse o político, que devia estar com a mão em cima do telefone.

Pôs para rodar a cópia do gravador digital.

— *Pronto? Aqui é Guido.*

Deixou avançar um pouquinho, depois parou.

— Sacou quem é?

— Sim.

— Vamos entrar num acordo?

— Sim.

— Vou fazer uma proposta maneira. Dois milhões.

— Mas...

— Não quero saber de *mas*. Dois milhões. Amanhã à meia-noite, no posto velho de Montereale. Venha sozinho, porque, se eu perceber que algum daqueles teus amiguinhos dos Cuffaro está junto, não apareço e mando a gravação pra "*Retilibbira*". Deixa o dinheiro bem na frente da porta da casinha e vai embora.

— E a gravação?

— Mando pra você.

— Mas como é que eu vou ter certeza que...

— Precisa confiar. E cuidado: se me der dinheiro marcado, pode se considerar um homem morto. Entendido?

— Sim.

Desligou, fez a fita voltar, apertou o verde.

— Pronto? — disse a voz de Mongibello.

— *Pronto? Aqui é Guido.*

Por segurança, ouviu inteira até o fim. Só quando foi deitar é que percebeu que ainda estava com o pregador de roupa no nariz.

Chegou ao comissariado às oito e meia e logo se fechou em sua sala com Catarella.

— Me faz uma cópia de tudo.

— Mas, dotor, pra fazer cópia e deste e deste precisa de mais um gravador!

— Sabe se alguém aqui no comissariado...

— O dotor Augello deve ter um.

— Vai lá ver.

Catarella voltou triunfante com um gravador e um cassete novo.

Quando terminaram, enquanto Catarella levava de volta o gravador de Augello, Montalbano punha o cassete numa gaveta e fechava à chave.

Depois partiu para Montelusa na maior calma.

Às cinco para as dez entrou na superintendência pela porta dos fundos para evitar se encontrar com o doutor Lattes, que na certa falaria do encontro com o superintendente.

Perguntou a um vigia onde ficava a sala de Sponses, bateu na porta, que estava fechada.

— Entre.

Entrou, Sponses se levantou e foi ao encontro dele com a mão estendida. Era um quarentão malhado, de olhos claros, jeitão decidido. Montalbano não achou antipático.

— Sente-se. Não vamos nos tratar de senhor. Por que você quis falar comigo?

O comissário tirou do bolso esquerdo o gravador com a cópia do telefonema de Borsellino a Mongibello.

— É um telefonema muito rápido e eu vou lhe pedir que ouça com a máxima atenção.

Botou a fita para rodar. No fim, Sponses perguntou:

— Quem é o outro?

Tinha reconhecido direitinho a voz de Borsellino e não tinha escondido o fato. Bom começo.

— O outro é o deputado Mongibello, que, como você deve saber, é o presidente da empresa...

— ... proprietária do supermercado, empresa que tem os Cuffaro como testas de ferro. Como está vendo, sei de tudo. Muito bem, esse telefonema contribui com um interessante elemento novo, ou seja, que Mongibello estava a par do roubo antes que Borsellino lhe comunicasse o fato. Mas, afora esse detalhe, o telefonema significa no máximo que nem você nem seu subalterno induziram Borsellino ao suicídio, mas foi Mongibello que lhe deu um tremendo chega pra lá.

— Só que Borsellino não se suicidou, foi enforcado.

Sponses ficou sério.

— Tem provas?

— Indiretas — disse Montalbano. — Está sabendo que uma televisão local recebeu de um desconhecido um gravador digital com...

— Sei de tudo.

— Está sabendo que esse gravador foi roubado exatamente na noite da transmissão?

— Não sabia.

— Aí eu me perguntei por que roubaram, se a gravação dos meus diálogos com Borsellino já tinha sido transmitida. A única resposta possível era que devia existir mais alguma coisa. Por sorte, o diretor do canal de televisão tinha feito uma cópia de todo o conteúdo do gravador digital. E me deu. E eu encontrei esse telefonema que você ouviu. Olhe, Sponses, se Borsellino tivesse se suicidado de verdade, esse telefonema não teria importância substancial. Mas, se Borsellino foi suicidado, então Mongibello, deixando escapar que sabia do roubo, revela que está a par de um plano maior, que é a eliminação do próprio Borsellino. Que foi morto porque os Cuffaro descobriram que ele tinha entrado em contato com vocês. Não se convenceram do sequestro combinado, investigaram, descobriram alguma coisa e organizaram o falso suicídio, que teria como motivo a cumplicidade de Borsellino no roubo do supermercado. E tudo isso para vocês não desconfiarem que eles tinham descoberto os contatos entre Borsellino e vocês. E nesse rolo foi envolvido até um coitado de um guarda-noturno que por acaso passou pela frente do supermercado enquanto o tal ladrão estava entrando.

Sponses não disse nada, se levantou, foi até a janela, com as mãos nos bolsos, olhar para fora. Depois voltou e se sentou.

— Escute, Montalbano, o seu raciocínio tem lógica. Mas é só um raciocínio, entende? Na frente de um juiz, nunca vai ser possível defender a tese da cumplicidade de Mongibello com base exclusivamente nesse telefonema.

— Eu já tinha previsto essa sua observação — disse o comissário.

Tirou do outro bolso o gravador com seu telefonema para Mongibello, pôs o gravador em cima da escrivaninha ao lado do outro, mas, antes de ligar, disse:

— Preciso explicar que antes desta ligação houve outra, não gravada, na qual um desconhecido faz o deputado ouvir a gravação do telefonema que ele recebeu de Borsellino e diz a Mongibello que logo vai entrar em contato de novo.

— Um momento — disse Sponses. — E como é que você sabe disso?

— Se escutar a fita, vai entender.

E ligou. No fim, Sponses estava vermelho como um pimentão, claramente impressionado com o que tinha acabado de ouvir.

— Você sabe quem é o chantagista?

— Sei. Sou eu.

Sponses pulou da cadeira como se estivesse sentado num barril de pólvora.

— Mas isso é absolutamente ilegal!

— Ah, é? E o falso sequestro de Borsellino arquitetado por vocês era legal? Muitas vezes vocês combatem o terrorismo recorrendo a sistemas que estão fora da legalidade e agora vem me censurar por usar os mesmos métodos? Sponses, estou lhe oferecendo uma oportunidade de ouro. O fato de Mongibello concordar em pagar é uma admissão implícita de culpa. E o fato de não ter denunciado a chantagem é mais uma confirmação. Pense nisso.

Sponses pensou um pouquinho, depois resolveu.

— Não posso decidir sozinho, você entende. Deixe tudo aqui. Eu ligo para você às três, o mais tardar, está bom assim?

— Com quem vai falar?

— Com os meus superiores e com o promotor público.

— Quem é?

— La Cava.

Melhor impossível.

— Você precisa ser rápido, o encontro é à meia-noite. Ah, só para constar: tenho cópia de tudo isso que estou deixando.

— Não duvidei nem um minuto — disse Sponses.

O telefonema de Sponses chegou às três em ponto. Montalbano não tinha posto o pé fora do comissariado desde o retorno daquele encontro e, de tão nervoso que estava esperando a resposta, nem tinha sentido apetite.

— Venha logo.

Correu como nunca de carro e subiu correndo também as escadas que levavam à sala de Sponses. Chegou pondo os bofes para fora.

— Diga tudo.

— Uma notícia boa e uma ruim.

— Comece pela ruim.

— La Cava está fora. Diz que não pode conduzir uma ação legal que tem como ponto de partida uma ação ilegal, que é a sua chantagem. E me deu um bom conselho.

— Qual?

— De esquecermos, quer dizer, La Cava e eu, que conversamos.

— E um conselho desses lhe parece bom?

— Veja, ele não disse para não fazer a operação. Disse que não quer ouvir falar do assunto *a priori*. Mas se a gente contar tudo depois que as coisas estiverem feitas, tudo, menos a chantagem, justificando que não avisamos antes porque, sei lá, tivemos pouco tempo à disposição, ele vai agir nos conformes sem fazer muitas perguntas embaraçosas.

— Entendi. A história da minha chantagem precisa desaparecer. E a notícia boa?

— Os meus chefes decidiram fazer a operação do mesmo jeito.

— E com o que vocês vão substituir a minha chantagem?

— Com um informante que nos avisou que o deputado estava sofrendo chantagem de um desconhecido etc. etc. Está claro?

— Claríssimo.

— Uma última coisa. Talvez a pior para você. Você não faz parte da operação.

Ele esperava aquela. Teria apostado os colhões que eles cobrariam esse preço.

— Preciso ficar de fora?

— Exatamente. Deste momento em diante, tudo passa para as nossas mãos.

— Pode explicar por quê?

— Porque, para agir, você seria obrigado a pedir autorização prévia ao promotor público, que, em se tratando de um deputado, precisaria informar o subsecretário, que precisaria se reportar ao ministro...

Montalbano engoliu em seco.

Mas Sponses tinha razão: quanto menos políticos na história, melhor. Seriam capazes de inutilizar todo o trabalho feito.

— Entendi muito bem. Concordo. Como quiserem.

Levantou-se para ir embora.

— Obrigado por tudo — disse Sponses. — Gostei muito de conhecê-lo.

— Eu também. Ah, quero avisar uma coisa. Mongibello sem dúvida falou com os Cuffaro sobre a chantagem. Não deve ir sozinho ao encontro. Na minha opinião, os Cuffaro devem ter a intenção de entrar em ação assim que o chantagista for retirar o dinheiro.

— Mas, matando o chantagista, ficam sem a gravação!

— Acho que a intenção deles não será matar, acho que vão querer sequestrá-lo para torturá-lo até ele dizer onde a gravação está escondida.

— Obrigado pelo aviso.

— Pode me fazer um favor? Telefonar à noite para a minha casa depois da operação?

— Sem dúvida. Dê o número.

Como passar aquelas horas sem ter nenhuma vontade de comer? Depois do encontro com Sponses, foi diretamente para Marinella, tirou a roupa e se enfiou no mar, na água gelada. Nadou até perder as forças e a ideia do tempo. Então voltou para casa e se sentou na varanda, tendo ao alcance os cigarros e o uísque. A garrafa estava pela metade, e ele acabou de esvaziar.

Em seguida foi para dentro e se sentou no sofá. Viu um filme de espionagem e, como sempre, não entendeu nada. Passou para um filme de amor que transcorria na Índia. Na metade do terceiro, que falava de samurais, pegou no sono.

Acordou com o telefone tocando. Olhou o relógio. Três e meia da madrugada. Cacete, que tarde! Correu para o aparelho. Era Sponses.

— Desculpe se telefono a esta hora, mas aconteceu um tremendo rolo.

— Como?

— Escute, estávamos a postos e vimos Mongibello chegar com uma maleta na mão. Ele pôs a maleta no chão, na frente da porta da casinha; na mesma hora ouvimos um tiro e Mongibello caiu. Fui correndo na direção dele, os outros homens saíram correndo para o local de onde tinha partido o tiro. Só encontraram uma carabina de precisão, munida de mira infravermelha. Usaram um atirador de elite. Mongibello morreu na hora.

— Dá para ver que os Cuffaro, achando que agora ele tinha se tornado um elo fraco ou até um traidor, decidiram eliminá-lo.

— Mas ficaram sem a gravação!

— Mas eles estão cagando e andando pra gravação! O nome deles nunca é citado! Vão dizer que era um assunto que só dizia respeito a Mongibello, e que eles não sabiam de nada! Vão ficar muito surpresos! De qualquer modo, como vocês decidiram agir?

— O rolo foi exatamente esse. Veja só, tivemos de informar o Ministério. La Cava recebeu um telefonema de alguém que sugeria deixar o caso passar como um acidente de caça. Mas o promotor público respondeu que estavam falando com a pessoa errada. Disse que os mortos, pelo menos até agora, não gozam de imunidade parlamentar, por isso vai abrir processo penal por homicídio e virar a vida de Mongibello pelo avesso. E vai começar querendo entender por que o deputado estava andando por lugares ermos, à meia-noite, carregando uma maleta com dois milhões de euros falsos.

— Falsos?!

— Sim, se bem que falsificados com extrema habilidade. Acho que Mongibello recebeu o dinheiro dos Cuffaro e nem sabia que era falso. Acredito que La Cava, por sua vez, vai pôr os Cuffaro em sérios apuros. E nós vamos lhe dar mão forte.

Montalbano, apesar do uso excessivo de frases feitas por Sponses, ouviu com imenso prazer aquelas palavras.

— Obrigado — disse.

— Eu que agradeço e boa noite.

De repente começou a sentir uma fome de lobo. Aprontou a mesa na varanda e foi dar uma olhada na geladeira.

Adelina tinha preparado uns pratos quase vegetarianos: uma berinjela à parmesã que tinha um cheiro bom de matar e uma salada de tudo, desde alface até azeitona preta, desde batata até pepino.

Foi se sentar lá fora.

A noite estava escura, mas serena. Lá longe, no alto-mar, via-se a luz de algum raro pesqueiro.

Enquanto punha a primeira garfada na boca, Montalbano ficou pensando que, afinal de contas, nada poderia ter sido melhor.

Nota

Este romance foi escrito há vários anos. Portanto, o leitor atento que notar crises de senilidade não muito acentuadas, brigas com Livia não muito contextualizadas e assim por diante não deve ficar zangado com o autor, mas com as secretas alquimias dos planos editoriais. Nomes de personagens e de empresas, situações e ambientes são fruto de minha imaginação. E isso deve ser dito para evitar equívocos.

A. C.

Este livro foi composto na tipografia
Adobe Garamond Pro, em corpo 11,5/15, e
impresso em papel off-white no Sistema Cameron
da Divisão Gráfica da Distribuidora Record.